雄狮少年文库

长篇校园成长励志小说

高考倒计时

亲历新高考决战三百天

陈盈颖◎著

中国青年出版社

图书在版编目（CIP）数据

高考倒计时 / 陈盈颖著 . -- 北京：中国青年出版社，2019.8
ISBN 978-7-5153-5670-9
Ⅰ . ①高…　Ⅱ . ①陈…　Ⅲ . ①长篇小说－中国－当代　Ⅳ . ① I247.5

中国版本图书馆 CIP 数据核字（2019）第 129987 号

书　　名：高考倒计时
著　　者：陈盈颖
责任编辑：庄　庸　陈　静
联合编辑：张佳莹
特约策划：张瑞霞
出版发行：中国青年出版社
社　　址：北京东四十二条 21 号
邮　　编：100708
网　　址：www.cyp.com.cn
门 市 部：（010）57350370
印　　刷：北京中科印刷有限公司
经　　销：新华书店
开　　本：710 mm × 1000 mm 1/16
印　　张：17.25
字　　数：200 千字
版　　次：2020 年 6 月北京第 1 版
印　　次：2020 年 6 月北京第 1 次印刷
印　　数：0,001 ～ 5,000 册
定　　价：38.00 元

目　　录

第一章

开学

就在那一刻，相似的光芒映照在涟漪的脸上。涟漪觉得，自己似乎摆脱了曾经的困扰与迷茫，下定决心去追逐自己的梦想——当你不再怀疑你的梦想时，躯体上的困难就会烟消云散。

9 月 1 日　距高考还有 279 天。

“炎炎夏日并没有阻挡住同学们积极参加课外活动的热情，让我们回顾一下同学们精彩的暑假生活！”校领导打开视频。

“震惊！高三狗竟然还要看开学典礼！这是人性的泯灭，还是道德的丧失？”花池化身为标题党不满地嘀咕着，“根本不体谅高三狗嘛……”

“既是人性的泯灭，又是道德的丧失！”程莞在桌肚里偷偷翻开辅导书。

视频开始播放：“这个暑假，高一年级的同学赴美国参加耶鲁大学模联活动，高二年级的同学则去参加志愿者活动……”

“每次都到高二戛然而止，没有高三年级的暑假活动，这说明了什么?!”乔玥也一脸悲愤。

背景音乐放着翻唱版的《夜空中最亮的星》。只不过背景音乐声音太响，喧宾夺主，反而听不清介绍暑假生活的同学的声音了。

“啥？夜空中最亮的星不是电灯泡吗？”花池在一旁凌乱。

每当我找不到存在的意义
每当我迷失在黑夜里
夜空中最亮的星
请照亮我前行

嘈杂的交谈声和音乐声中，涟漪却恍恍惚惚的，好像置身事外一般。她看上去像被什么击中了，身体僵直了一下。那一下，涟漪清楚地感觉到有什么东西正在萌生，要从她的身体里，飘飘忽忽地飞出来，甚至带着她一起飞向那个地方——飞扬，飞扬，我有我的方向。

不知道为什么，就在那一瞬间，涟漪清楚地感觉到了自己的梦想。或许是那句“迷失在黑夜里”很符合涟漪现在的处境，而她又急切地需要一个梦想作为精神寄托；又或许是涟漪本来在暑假萌生的梦想被现实所消磨，而在这一刻想挣脱桎梏飞向世界。

她突然想起了暑假的太阳。在图书馆斜上方的太阳光芒从树叶间细碎地撒在地上，斑驳的树影和夏风一起构成了梦想最初的模样。湖上的太阳让水面反射着钻石般闪耀的光芒，好像真的把涟漪的世界点亮。

它，确实存在过啊。

就在那一刻，相似的光芒映照在涟漪的脸上。涟漪觉得自己似乎摆脱了曾经的困扰与迷茫，下定决心去追逐自己的梦想——当你不再怀疑你的梦想，躯体上的困难就会烟消云散。

很久以后，在涟漪偶然间查到这首歌的创作背景时才知道，这根本就不是追逐梦想的歌曲，而是关于友情或爱情的：“对曾经的爱人和朋友，无论发生过多少不愉快的事情，时间一定会让仇恨变淡，让爱变浓。我们的感情才是重要的。”再后来，涟漪才知道那是翻唱版。好奇心驱使下的涟漪又去听了原版，才发现原版过于温和，翻唱版更加有激情，更加有鼓舞人心的力量。

一定是翻唱版，一定是在高三的开学典礼上，一定是一个心中怀有梦想，却被现实所迫、踟蹰不前的同学，心中的梦想才能得以翱翔于九天之上。

那时的涟漪，心中被深深地触动。因为，她的心中也曾有过最亮的星啊。

“木清华，你是不是要考清华啊，取这么吉利的名字！”涟漪还在恍惚的时候，花池就已经身姿矫健地扑向木清华。

“你不觉得，其实是我妈妈想考清华吗？”木清华无奈地笑笑，“我的名字又不是我自己取的。水木清华嘛，一个是因为我妈妈一直对某所学校仰慕不已；另一个是因为这样好像显得我妈妈比较有学问？孩子的名字取自晋代的诗……我也不知道她怎么想的。哦，不过我确实有这个打算。”

“哇——”花池声音抑扬顿挫，满眼放出崇拜的光芒。毕竟，能说出这种理想的人，要么很勇敢，要么已经有了十足的把握。

而眼下的木清华，显然两者都是。

一石激起千层浪，四面八方的同学都围了过来，想靠近考神沾沾仙气，颇有一番当年初中的时候拜晓薇的架势。

“那你叫这个名字会不会有很大的压力啊？不……我是说，现在你这么厉害肯定不会，但是你小时候就有十足的把握？”

“嗯？小时候？”木清华顿了一下，“我小时候不叫这个名字，大概初三的时候才改成这个名字的。当时大概是为了激励我努力学习，将来如果我参加清华面试，可能会比别的同学更容易赢得考官的好印象吧……”

“你竟然改过名字！”花池两眼放光，像挖出了什么爆料新闻。她似乎已经在策划爆料标题——《震惊！ 99％的第一外国语中学的同学都不知道：学霸木清华曾改过名字！她为何隐姓埋名，是否有什么难言之隐？木清华究竟是什么人……》

就在花池迷失在自己的脑洞中时，程莞已经率先一步提问：“那你原来叫什么啊？”

“原来啊……”木清华顿了顿。

“叫木婉清。”

一脸惊呆的同学，努力把《天龙八部》中的木婉清，与水木清华高等学府中的木清华联系起来。

“好了好了，赶紧自修去！摸底成绩可是快出来了哦！”木清华大喝一声，鸟兽四散。

摸底考试。

涟漪顿了一下，回想起两天前暑假的尾巴。

摸底考，艳阳天，十一点。

晃眼的阳光飘悠悠地荡进窗子，带来一丝炽热的触感。只那么一瞬，便被白色空调不停吐出的乳白色冷气吞噬。三个翅膀的风扇纹丝不动，似乎习惯了被冷落的局面——在装有空调的高三年级教室里，它知道自己的身份不如其他年级的电风扇尊贵，只好低头看自己的脚尖。

涟漪则低头看卷子上一片又一片的空白。

监考老师望了一眼明亮的阳光，微微眯起眼。

丁零零……刺耳的收卷铃打破寂静。

“收——卷——”

随着收卷的余音，暑假的尾巴被开学张大的嘴巴咬断，流下几滴无可奈何的血。

摸底考试的那轮太阳，离暑假里的太阳，有些远。

“来几个课代表去办公室拿卷子！”木清华向教室中吼了一嗓子。

成绩对大家的吸引力总是很大，尤其是在这次考试和保送同学相关的时候。

弹指间，试卷早已像雪花般铺天盖地地落在每个同学的桌子上。

“啊呀……这离平均分，差得有点远吧……我数学怎么会考成这样啊……42 分……”花池郁闷地趴在自己的手臂上，“满分 150 分，平均分 77 分算什么啊！考得那么难！”

乔玥本来想在一旁补刀木清华考了 138 分，但被花池的 42 分惊得失语，只能瞪大眼睛一脸愕然地看着花池。

“天哪……听说木清华考了 138 分，那要是正常难度的卷子，木清华肯定是满分选手啊！”花池并没有意识到乔玥的惊诧，自顾自地嘀咕着，“我跟你说，这和遗传有关的。你看那个木清华，曾用名和现用名都那么有寓意。相比之下，我叫花池纯粹是因为我爸爸姓花，妈妈姓池，一点儿寓意都没有！说明人家爸妈和我爸妈都不是一个层次的人，我跟我爸妈一样头脑简单……我看我考这分也算天生的吧。”

“怎么没有寓意？你看，花池——花痴！多符合你啊，整天四处八卦看小哥哥小姐姐的。”乔玥指向花池桌肚里的手机，正在播放着韩国某团的舞蹈。

“哎……我这不是刚开学娱乐一下身心嘛！”

“不过……你为什么会只有 42 分？”乔玥还是疑惑地发声了。按理说，第一外国语中学应该不会有成绩这么劲爆的学生吧……

“你试试看，你画一暑假画，然后突然被拉去摸底考能考几分？我已经是我们艺考生里面还不错的了！”花池啪的一声把手机摔在桌子上，感觉自己受到了鄙视和质疑。

“哦，你是艺考生啊……挺幸福……”乔玥暗自吐槽。花池的手机一定是打算换很久了，摔起来跟摔破铜烂铁手感一样。

“艺考生哪里幸福啦？”花池差点掀桌，“整个暑假都奉献给画板，然后十一月开始就要参加集训！你以为，只有成绩不好的同学才会选择艺考吗？根本不是这样！至少我去艺考，是因为我真的喜欢画画，我想将来做动漫设计！去艺考并不容易，我可是从五岁就开始学画的！”

花池稍微稳定一下情绪：“的确，有的人确实是因为成绩不好，到高三才开始学画的。可是你不要忘了，艺考也是只有前百分之几的同学才有好学校上，高三才开始临时抱佛脚的能考出好成绩吗？不管是什么领域，都要做前百分之几才行啊！你只看见文化课的分数低，可是专业课的分数呢？你去参加艺考，看看你能考什么学校？”

“啊……对不起啊……”乔玥看着突然发怒的花池，不知道自己做错了什么，激怒了她。

“你只看到我现在的42分，可你不知道，上个学期的期末考试，我也是120多分的人啊……”花池喃喃自语，似乎坠落在往事的海洋。

——妈妈，我想学画画，幼儿园老师说我很有天赋！

那是五岁的花池，满脸傻乎乎的笑，并不知道自己走上了一条怎样的路。

——小池，你马上要初三了，不能再画画了。你现在一直是班级前几名，就不能争取做第一名吗？

——花池你真厉害，到初三之后，竟然次次都考班级第一名！我要和你握手，保佑我吧！

——你喜欢画画吗？

——妈妈，我要艺考！我想过我喜欢的生活。我将来只想做动漫设计。

——小池，你参加艺考要付出大量精力，放弃你现有的文化课成绩，你真的甘心吗？

——你为什么会只有42分？

花池只觉得耳边声音嘈杂，人影纷乱，伴随着天旋地转的头痛，最终趴在课桌上沉沉睡去。

涟漪盯着自己的成绩，思绪飘得很远很远。从几天前考试时卷子上的空白，一直到暑假里的雨，和无边无际的梦境。

暑假里曾有场遥远的雨。

它随着风就来了。雨点砸在窗上，水流在玻璃上成股流下，不停地折射出纷扰的乱象。乱象中没有传说里被折射成七彩颜色的光，纷扰中也没有添油加醋的狂风。

只有简简单单的雨脚如麻，大珠小珠落玉盘。雨如决河倾，铺天盖地，却没有风如拔山来得狂烈。

铺天盖地的水天一色，连绵一片，恍惚中让人产生一个世纪都不会停的错觉和世界末日要来临的感慨，似乎真的需要一艘挪亚方舟离开。

某一刻，某一景，某个声音，让涟漪想起某些或欢乐或悲伤的事情。不论是昔盛今衰的感慨，还是顺着时间被推移着一路向前错过了的遗憾，抑或是对未来和未知产生的迷惑和恐惧，让涟漪迷茫起来。痛彻心扉的悲痛和太阳穴钝钝的疼痛差异明显地存在，都如出一辙地令人绝望，心扉从此难以敞开。

涟漪笑着安慰自己，没什么大不了，怎么会有世界末日这么荒谬的想法，不过是对未来的恐惧和对曾经的无力感翻涌上来罢了。只是盛景难在的模样无力回天，叹息随风飘荡了一万年。

然而终究，于涟漪而言，那场遥远的、淹没世界的雨，还是普通地落在那个主人想要遗忘的夏天。

永无休止的梦境，涟漪试图忘记。

梦里也下起了雨，很大的雨，像是谁在哭泣。细细密密的雨帘混合着闷热的触感，一圈圈、一层层地涌过来，将涟漪包在中央。

这是日有所思，夜有所梦吗？涟漪感觉到一种不真实，一种迷失，一种虚幻之感。

雨肆无忌惮又猝不及防地闯入涟漪的世界里，溅起无数往事的浪花，终究湿了她的眼。她感到有些困惑与迷茫，似乎回忆被偷走了般的空白、空虚、空缺。雾气笼罩在四周，让她看不真切。她顺着往昔的青石板，一级级爬上阶梯，边喘气边喊："涟漪——你在哪里——"

那么，那时候，真实的涟漪在哪里？

在北京，在南京，在成都；在参加各种全国比赛、夏令营、活动……哪怕高三已经近在咫尺，哪怕自己所处的位置已经岌岌可危。

暑假的日子在奔波间消失殆尽。眼看开学即将来临，可是，文化课的内容却还没有复习到位。涟漪在全国各地颠沛流离。涟漪回想起很久以前五年级的那段日子，似乎也是这样的奔波。只不过，那时的奔波是为了更好的成绩。可是，现在呢？

涟漪不知道，甚至可以说什么也不知道。她一遍遍质问自己：我做的这些，会有好的结果吗？如果，竞赛没有得奖，成绩也因此落下，我又该如何是好？

没有回答，只有夏日炙热焦躁的热浪，阵阵拍打在涟漪脸上。

于是现在，拿到摸底成绩的涟漪，微微愣神。

她隐约听到木清华考了 138 分，那么眼前的 69 分是怎么回事？木清华成绩的一半吗？

这还考什么啊，洗洗睡吧。

"木清华"，涟漪轻轻嘟哝一声。在暑假里，涟漪是碰到过她的。只不过那时候，涟漪对木清华还没有什么印象，只知道好像是自己年级的同学，到高三重新分班后才认识对方。

那时候，涟漪去参加一个特训营，恰巧在北大举行。迷路的涟漪碰巧路过一扇窗，后来才知道，那是北大夏令营。当时，她远远就看到一个眼熟的同学，自信地说，我要当班长。面对全国各地优秀的同学，第一外国语中学的同学并没有任何优势。可是，木清华还是站起来了，笃定而自信，颇有一股大无畏的英雄气概，像所向披靡的战士。并且最终，木清华确实当上了班长，哪怕她最终并不是优秀营员。

我也想有她那样的勇气！走廊里的涟漪不知不觉停下脚步。只不过，勇气总是和底气成正比。

尽管如此，涟漪还是播下了一颗种子。那段特训营的时光，不短不长，就像她头上的太阳，照耀在天空上，把涟漪的世界点亮。直到现在，她还能记起，微风下未名湖掀起的每一层皱褶和细浪。那里的精雕细琢跨越时光银河的围栏。那里历史与人文相交融的厚重气息与底蕴，和那里的人，那里的温度，那里的每一个字，还有那里的太阳，都好像穿过铅华，触动涟漪的本真。这一次，她离那里那么近，好像一伸手就能碰到。

涟漪看到自己的头顶上飘来一片漂亮的云，似乎梦中才会拥有一般，一点点渲染在天上，染上涟漪的眉梢眼角。像在童话里一样，那么不真实，那么虚无缥缈。细碎的光影明暗交织，照耀着涟漪渴望的脸庞，每丝每缕，都像在给她希望。涟漪渴望那片云，那片虚无缥缈的梦想，可是一抬头，云却早已不是原来的模样！是风……风来了，打碎了一切美好梦幻的泡影。

就像，涟漪在心中种下的这颗种子，始终没有发芽。毕竟，谁会明知道风会来，还觉得自己可以任尔东西南北风呢？谁敢和木清华有同一个梦想呢？凭自己只有人家一半的数学成绩，还是初生牛犊不怕虎的勇气？

被风吹散的，还有浓郁的希望；消失的，还有熠熠生辉的脸庞。直到有一天，她或许就站成一株枯木。哪怕就在池塘旁，池塘的水也再不会把她照亮。她渴望的，是梦呓中的云，是那段深深浅浅的时光，是划过天际的尾巴，甚至是虚无的水汽……这些都可以把毫无生机的她点亮。

可是，暑假里的梦想，是那么遥远，像天上的那片云那么远，像夜空中最亮的星那么远。

不切实际的梦想，说出来就是别人茶余饭后的谈资。

但刚刚，就在开学典礼上，涟漪清楚地听到破土而出的声音，挥动翅膀的声音，飞入银河的声音。

而现在，那轮明媚的太阳，那个被称之为梦想的东西，在哪里？

或许，云并没有散，不坚定的心才是最大的风。

“讲卷子了！大家把摸底考卷子拿出来。”转眼间，数学老师已经推门而入。

看到数学老师是谁时，涟漪不禁有些失望。毕竟之前这个老师就教过涟漪。涟漪总感觉，这是她数学成绩惨淡的罪魁祸首。她期待了一个暑假，可以换一个数学老师，却还是失败了。

“这个暑假，大家过得怎么样啊？”果真，老师一开始就和同学们拉起家常，“大家是不是都没有时间出去玩了？”

不仅暑假没有时间出去玩，现在也没有时间听你废话。

涟漪继续订正卷子上的错题，但第十题怎么也想不出来。回过神时，已经过去了十五分钟。

不同于依旧在学习的涟漪，花池已经睡着了。

“好的，不说暑假了，我们接着讲一下这次考试的情况……”

涟漪看着数学老师的嘴一张一合，寻思她或许下课之前也讲不到第 10 题了，便拍拍附近的孟遥问。

孟遥看了看题目，眼睛里顿时放光：“对对！就是这道题！我当时想了好久！”

不料，数学老师却停了下来，望着涟漪和孟遥：“你们在说什么题？”

孟遥有些尴尬地停下来：“……第 10 题。”

“好，既然你想了那么久，就来给大家讲讲吧！”

“老师对不起……我不讲话了……你继续讲……”孟遥之前没有被这个数学老师教过，以为自己上课讲话让老师生气了。但一旁的涟漪其实很想告诉她：数学老师几乎一直让同学讲题；她只是懒得自己讲而已，况且她自己讲……总是讲到一半就讲不下去了。

“没事没事，你来讲嘛！锻炼一下自己！”

孟遥只得到黑板前讲完了第 10 题。虽然之前的老师有时也让她上去讲题，但这一次，心里总感觉哪里怪怪的。

“做得很好！有同学还有别的做法吗？”老师接着提问。

一片安静。涟漪看看表，已经过去半个小时了，还有十分钟下课。

“没有了。那同学们说说有哪些题要讲。”

“5！”

“7！”

“12！”

“20！”

台下嘈杂一片。涟漪不禁感慨同学们太天真了，以数学老师的效率，最多再讲一道题——而且必须是一道填选题，大题绝对来不及讲。

“那我们来看第5题。”

数学老师先是定定地看了一分钟，然后在黑板上写了什么，突然顿住，过了一会儿又开始讲解。

讲到板书最下方时：“同学们，到这里为什么算不下去了？”

木清华看不下去了，悠悠冒出一句：“题抄错了。”

“噢，对对！数字写错了！我说怎么可能算不下去呢……”数学老师连忙擦掉几个抄错的数字，继续运算，“像第5题这种，明显是基础题，怎么还有同学要讲这么简单的题？”

数学老师猛敲两下黑板，一脸胜利的微笑：“看，答案这不就出来了？”

“老师……答案好像还是不对……”台下弱弱地冒出一声。

紧接着，是死一般的寂静。但是，涟漪却仿佛听到了啪啪打脸的声音。

木清华于心不忍，再一次提醒老师：“第三步公式用错了……”

数学老师一看，果真如此，便赶紧把剩下的步骤擦掉：“木清华这次考试年级第一，很不容易！来，上来给大家讲讲这道题！”

就在木清华觉得自己之前的善意提醒，简直是多嘴的时候，下课铃响了。

“好吧，下课了！我这个人从来不拖堂，大家下节课再交流吧！”数学老师麻利地收拾了一下东西，迅速地离开教室。

“她……这算一节课讲了一道题吗？”乔玥有些难以置信。

“不，第 10 题是我讲的！明明是她窃取了我的劳动果实！”孟遥义愤填膺地冒出一句。

“天啊，涟漪和林雪原来也是这个数学老师教的吧？你们简直是数学天才啊！有这样的老师，还能考出和我们差不多的成绩！”

林雪抬起头：“其实，这个数学老师只是在第一节课想和同学们多互动一点拉近距离，平常上课效率是今天的两倍。”她顿了顿，伸出两根手指，“她以前教我们的时候，一节课能讲整整两道题！”

孟遥和乔玥听后纷纷晕倒在桌子上。

林雪看到她们的反应后，微微勾起嘴角，露出一抹自信的微笑：“至于这张摸底卷子，我赌一百块，她绝对能讲一周！”

“今天上课怎么样啊？有没有不懂的地方？”涟漪一回到家，妈妈就关切地走上前来帮涟漪拎书包，好像古时陪书生赶考的书童。

“还行吧，就是数学老师没有换……”涟漪有些失望，想起了只讲了一道题的第一节数学课。

“还是原来的数学老师？”涟漪妈妈一听就急了，“那怎么能行？

要不要课外再补补数学？其他科目呢？语文、英语和加三科目有没有什么问题？”

面对妈妈连珠炮似的问题，涟漪想了想：“可能需要课外补补了……剩下的科目也需要。但是可能那么多课上不过来。我再想想吧……”

“好，我先打听一下有没有什么好的数学老师。其他补习班也要抓紧。这周结束前要给我个答复。”

看着涟漪还有些犹豫地想着什么，妈妈又补充：“我想的复习策略是，除了数学，语文英语也不能落下。尤其是英语，还有三个月就要春考了。加三科目还剩下两门，但是如果太忙也可以缓一缓，等春考完了再主攻小三门。”

“好了，我知道了。”涟漪有些疲惫地回了房间。

涟漪妈妈迅速行动，不敢怠慢，立刻联络起自己认识的家长们。

“乔玥妈妈，乔玥在哪里补数学啊，有没有合适的老师推荐？”涟漪妈妈发出微信。

乔玥妈妈没有秒回，心急的涟漪妈妈又发了一条：“杨铭妈妈，有没有合适的数学老师呀？我们想给涟漪补补数学。”

这一次，涟漪妈妈成功地收获了两条消息。

“杨铭在智慧教育上大课，周日的高三冲刺班。”

而乔玥妈妈那边也有了回音：“有个赵老师很负责。不过不是在校老师，但是讲得还不错。就在你家附近原南路那边，带三四个学生。要不我把她微信推给你，你试试如何？”

“好的，多谢啦！”涟漪妈妈兴奋得赶紧加了赵老师的微信，问了上课时间，紧接着上网搜了搜智慧教育。

智慧教育的老师是在职老师，并且都带过十几年高三，很有经验。不过都是大课，可能没有针对性。而赵老师相对年轻，也不是在职老师。虽不是一对一，带三四个学生也可以接受。

恰巧涟漪出来倒水喝，涟漪妈妈得意地晃来晃去：“你学习得怎么样？我可是把我感觉不错的老师都联系上了，你先都试听一下吧！”

“嗯。”涟漪没什么表情，转身又进了屋。

涟漪感觉有些萎靡，毕竟理想与现实之间的天堑让她身心俱疲。可是，闭上眼睛，似乎又回到了那个晴朗的日子。那片明亮亮的天空是那么真实，甚至还能感受到，身旁吹过带着些许炙热的夏风，和塑胶跑道上的气息。

而睁开眼，便是怎么也做不出的数学题，背不过的历史，推不出的化学产物和无法理解的古文阅读。

真是，太让人失望了！

“我从来没有见过这么不负责任的数学老师！我去问她问题，她竟然说这不是高考范围内的东西，所以她拒绝解答！我看她是根本不会做吧！”孟遥在上了一周的数学课后，终于压不住火，彻底爆发了，狠狠地翻了个白眼。

“对呀对呀！比我们原来的数学老师差远了！上课无聊得要命，我都不知道睡了几节数学课了！”花池也无奈地摇头。

“关键是，她明明一直在办公室里，可是却只有中午半个小时给同学答疑，其他时间在干什么？网购吗？”提起这个，乔玥也义愤填膺起来，“这不是耽误我们学习嘛！亏我还是数学课代表，我现在辞职还来得及吗！”

“别说你问她问题了，她自己讲着讲着都能讲不下去，还要同学上去讲题！”孟遥一拍桌子。

“我们原来的数学老师上课思路特别清晰，再难的题都能讲清楚，而且人也很有趣，没有一个同学会上课睡觉……”韩逸也不禁有些怀念。

“天呀！这才叫‘没有对比，就没有伤害’！”孟遥痛苦地抱住脑袋。

“对了，林雪和涟漪以前是这个数学老师教的吧？你们是怎么忍受了两年的？”乔玥突然想到什么。

“我们不知道你们老师上得那么好呀……以为所有的老师都是这样的……”林雪听得一脸茫然。

“而且可能那个时候，同学们没有像现在一样重视成绩，不觉得有多大影响。”涟漪也回忆起前两年的日子。

“可是现在已经高三了，我们耽误不起了！找教导主任换数学老师是我们唯一的出路了！”乔玥摇着头，“她现在这种水平不是我们提建议就能有改善的，她是能力和态度都有问题！我可不想我暑假刚赶上来的成绩被她拖了后腿！”

“这倒真的可以。”孟遥点着头，思考着什么。

还不等孟遥想好，就听见重重的啪的一声。

乔玥快速走到教室前面，拍了一下讲台，引起同学们的注意力。尽管是中午休息的间隙，但教室里已经坐满了同学。

“已经一周了，数学老师的授课水平想必大家也有所体会。作为数学课代表，我觉得，我有责任问一下：在座的诸位，有多少人认为她的能力足以胜任？”

台下一片安静。

“没有人。我个人认为，她有两点不足：第一，本身能力不足——很明显，上课的时候总是做不出题目，只能让会做的同学上台讲，导致上课效率低下。第二，教学态度敷衍了事。孟遥之前问一道有难度的题，就遭到了拒绝。她一天只给学生半个小时的答疑时间，在高三很明显不够用。而我们也看到了，她剩余时间并非是在忙碌，而是在上网！基于此，我认为，我们应当为自己的未来负责，做出改变。我、孟遥、韩逸会向教导处提议，更换能力更强的数学老师。不知道有多少同学会和我们一起去？”

“可是，这样是不是对数学老师不公平？是不是应该先沟通一下？”倒是苏阳突然从课本中抬起头，问了一句。

“再好的沟通，也无法改变专业能力不足与态度不端正这一事实。沟通并不能提升她的专业水平，改变她混日子的心理。我之前问过这个数学老师教过的同学，这个数学老师一直是这种上课态度，短时间内不可能有太大改变。况且，让这样的老师教我们高三年级，是不是对我们更加不公平？”

“和我们一起去的同学今天下午五点钟在教室集合，我们一起去教导处！”乔玥潇洒地走下讲台。

四周的同学继续做题，甚至没有人抬头看乔玥一眼。

乔玥的心咚咚地跳。作为数学课代表却第一个造反起义，真是太刺激了！

“你下午去吗？”涟漪转身问林雪。

林雪没有说话，盯着书看了许久，轻轻地说：“多一事不如少一事吧。”

英语老师健步如飞地走进教室。转眼已过了午休时间，还差十分钟就上课了。涟漪却还在想着林雪的话，似乎内心也有些矛盾。

英语老师不知台下同学各自的心思，简单环顾一下教室，估计人都到齐了，便直奔上课主题：“我先讲一下我们这学期上课的主要方向。到高三之后，我们的题目整体上是回归基础的，卷子上再也不会出现以前专八、考研难度的题目了。所以，大家平常练习的时候，紧扣考纲和上课补充的引申词组就可以。不过，打算保送的同学，高难度的题目还是需要练起来的。”

“不是还没上课吗……”花池看看表，小声嘀咕着。

但是，英语老师却继续讲下去：“不过，虽然英语考试难度降低，但是取得高分仍不容易。所以，我们每天的作业安排，将由翻译、高考词汇手册背诵和下发的练习题组成。大家可以提前做做往年的一二模，但是不要做去年的。学校会统一让大家做。其中，阅读 C 篇的难度和六级阅读的难度差不多。所以，学有余力的同学可以额外刷一些大学六级真题。”

英语老师没有一句废话，满满的干货，争分夺秒地利用时间，与数学老师形成鲜明的对比。

“高三是见证奇迹的一年，今天的努力成就明天的自己！”在上课铃正式打响之际，英语老师以鼓舞士气的话结束了高三安排讲解，开始讲评英语摸底试卷。

“看到没有，老师和老师之间差距这么大！英语老师可是真的上课都在讲题目，连对同学学习的建议都在上课前讲好！”乔玥低头看了一眼孟遥，“为了争取到这种老师，我乔玥教导处去定了！”

“我孟遥绝对力挺你！”

下课铃打响之际，花池悠悠地飘来一句：“嗯……其实英语老师也不是百般好。比如说，她对下课铃置若罔闻。”

“别讲话，我还没记完笔记！”孟遥怒吼一声。

“正好，干货多时间长，成绩提高快！”乔玥的眼睛亮晶晶的，似乎看到了“见证奇迹”的自己。

“唉……高三把这些同学们搞得都没救了……”花池趴倒在桌子上，但几秒钟过后，又无可奈何地起身，和大家一起记下老师的重点。

相比之下，尽管英语老师讲课质量高，但是相应地，也更费脑细胞。花池更喜欢历史老师的轻松超脱。

比如说，历史老师的出场就让人如沐春风——他风一样地走进教室，一脸欢快的笑容，似乎瞬间就给高三的教室平添了几分生机，在高三沉重的废墟里开出一朵明媚的花朵。看到那笑容的人，十有八九也会笑出声，大多都被那强大的亲和力和生动好笑的面部表情感染。

果真，历史老师没有变，还是原来那副精通周易八卦、似乎生长在尘世之外的模样。这总是让花池脑补一种仙风道骨的老先生形象。可是，历史老师总是笑呵呵的表情和健谈的特点，让他终究与这形象无缘，倒是多了些许亲切之感。

花池的耳畔似乎又传来历史老师曾经课堂上悠悠的声音：什么“五行相生，五行相克”，什么“肺、骨属金，大病之际呈白色；肝胆属木，呈青色；肾属水，呈黑色；心血属火，呈红色；脾胃属土，呈黄色”，什么“丙申年，阳火克阳金”，甚至那句“你们好多学长都拜我为师”……都依稀遥远地从过去传来，爬进花池的脑海。

历史书上的内容都模糊了，阴阳五行倒是都记得特别清晰，让花池哭笑不得。

不过，历史老师真的很令人减压。花池甚至觉得，这才是上学本来的样子。甚至每天围着教书先生席地而坐，谈论古今，也是花池所向往的。

下午五点，乔玥和孟遥一路忐忑地走向教室。

“这能行吗？”孟遥有些不安，“中午大家都表现得事不关己的样子——这可是关系到大家数学成绩的呀。他们怎么……”孟遥的表情都快急哭了。

“不管行不行，我们都要去呀。他们不关心自己的未来，我可是关心得很！数学毕竟 150 分呢，而且还是我的弱项！不然谁会在高三还当课代表呀……就是想让老师多关注一下啊！”乔玥眼神坚定，“就算教室里一个人都没有，我们三个也要去一趟教导处。幸福是靠努力奋斗的！”

虽然她表现得一脸淡定的样子，但还是加快了呼吸——教室的门就在眼前了。

倒是一旁的孟遥被鼓舞得攒足勇气，猛地推开门。

座位上整整齐齐地坐满了人，几乎全班同学都在场。夕阳透过落地窗，温柔地爬上同学们的脸庞，反射出他们眼神中因自信而散发的晶亮，悄悄地落在一尘不染的书桌上。

“你们太棒了！”乔玥第一个惊喜地跳来跳去。

随后，整个教室都鼓起掌来，庆祝第一次“起义”的如期进行。

“林雪，你还是来了？”涟漪看到林雪的嘴角也越来越弯，不禁想起中午林雪的话。

“嗯。”林雪的脸因激动而散发出淡淡的红光，“我后来想，如果每个人都是我这种多一事不如少一事的想法，那么这个计划就无法顺利进行了，而我的心里明明是支持这场‘起义’的。所以，哪怕枪打出头鸟，我也还是来了。不过你看，大家都来维护自己的权益了！”

“起义”开始进行，一群人浩浩荡荡地向教导处发起进攻。

安静的走廊上布满了同学们的脚步声，一声声踩在乔玥的心上。虽然“起义”顺利举行，但是“起义”的结果却是未知数。大家的未来仍然扑朔迷离——不论成功失败，数学老师一定会知道此事。那么，假如要是失败了，数学老师会变本加厉地对教学敷衍了事吗？会因此针对“起义”的同学打击报复吗？乔玥感觉自己的脑袋要爆炸了。但是已经到了这个地步，也没有后退的路了。孟遥拉住韩逸的手，不变的是他们笃定的目光。

一行人在教导处门口停下，一时没有人进行下一步的动作。

咚咚！孟遥屏住呼吸敲了两下门。

一秒，两秒，三秒。

就在孟遥以为教导处没人的时候，门缝里钻出一丝遥远的声音：

“进来。”

握住冰凉的门把手，逆时针旋转。孟遥的手心布满了细密的汗珠，突然一滑。就在孟遥惊得要叫出声的时候，一只温暖的手握住她的左手，轻轻一转。

“报告！”耳边传来韩逸低沉的声音。

在说明原因后，教导主任向后一仰，审视着一群同学，简练地回答：“我知道了。我考虑考虑。”

“这还需要考虑吗？”乔玥不禁有些激动，心里暗骂教导主任捣糨糊，“您也看到了，现在正是高三紧张复习的阶段。可是，我们几乎全班同学都牺牲自己的时间找您了。这说明数学老师的问题确凿。况且，我们高三正是关键时候，我们不想做这个数学老师的牺牲品，也请她不要做我们进步之路的绊脚石！”

“你们想马上换老师，就现在拿出一个可执行的方案。”教导主任也很直接，“现在教师资源本来就不够。先说高三年级，卢老师已经带了两个班了，你们班和她带的一个班级数学课冲突，所以她不可能同时到两个教室上课。剩下一个班的方老师还带了高一、高二的课，况且还负责学校行政工作，不可能再多带班级了。其他年级的老师也不可能突然调到高三。没有准备，突然调动对老师和同学都不利。”

“我们不介意别的年级的老师。”

“就算是你不介意别的年级的老师，老师自身也不一定愿意。更何况，其他年级的老师课程安排也很紧凑，很多还带了我们学校初中部的课程。换老师、调课是牵一发而动全身的事情，没有你们想得那么简单！”

“那学校安排不开的恶果只能让学生承担吗？”乔玥针锋相对。

“我只是实话实说，而学校也并没有半点推脱责任的意思。你们的建议我们会再进行商讨。不过结果如何，现在谁也不得而知。”

乔玥还想再说些什么，可是张张嘴却发不出声音。

“好了，你们先回去。学校会考虑你们的建议，有消息会告诉大家。”教导主任闭上眼睛皱着眉，狠狠地呼出一口气。

出了教导处的门，看着灰头土脸、无精打采的大家，乔玥不禁失望地嘀咕：“没想到教导主任竟然这样……”

孟遥拍拍乔玥的肩：“没事，至少我们争取过了。她不是说会考虑吗？那至少还是有成功的希望的！”

“要不我们直接找校长吧？”乔玥的眼睛又忽地亮了，“让全班同学签名，然后交给校长！”

“这……能行吗？”孟遥歪着头想。

“我也没办法了呀，教导主任肯定会和数学老师说这件事情呀……我们只能破釜沉舟！”

不等乔玥有动作，一晃眼就到了第二天早上的数学课。

咚！数学老师狠狠地把教案拍在讲台上。

“昨天教导主任找过我，想必某些同学也清楚是怎么回事。”数学老师顿了顿，目光在同学们身上游移。

教室里安静至极，没有人发出声音。

乔玥有些心虚，不敢与数学老师对视。现在，她只能期盼换老师能成功，不然她估计也没法在这个数学老师课上混了。但是……数学老师到底知不知道大部分同学都去了？或者说，知不知道是我带头的？会不会针对我？

但是木已成舟，不管现在是否知道，都要做好两手准备！乔玥警惕起来。倒是一旁的孟遥一脸坦然地望向老师，似乎毫无畏惧。

“听说，有些同学质疑我的专业水平和上课效率。但是你们不要忘了，15 届的高考状元就是我带出来的！我这种老师同学互动的上课形式是和国际接轨，全方面锻炼同学能力的！”

那个高考状元也太可怜了吧，但凡换个数学老师教都能再高上几分！杨铭顿时有些同情。

竟然有人把自己懒得上课和讲不下去题，说得如此高尚！涟漪暗自腹诽。

“我点到为止，你们自己看着办！当然，我也不会因为你们而改变我独有的一套教学方案的。”

“好的，这节课做小练习。”

“那摸底卷子不讲了吗？”花池想起了自己的 42 分，有些着急。

数学老师鹰一般锐利的眼神狠狠地剜了花池一眼，好像在想花池去告状的可能性。花池看到这种眼神赶紧缩起了脖子。

“自己订正，答案我已经贴在教室后面了。要是有不会的，多问问木清华、苏阳这样的同学，或者建立学习小组，肯定不会有问题了。”数学老师在片刻的荫翳后，好像觉得和同学们生气不值得，又一脸云淡风轻地坐下，随手拿起讲台上的一本杂志翻开。

下课之际，花池还是忍不住在桌子上小声嘀咕，悄悄戳了戳乔玥：“我怎么感觉教导主任找过她后，她更加懒得管我们了？好像都懒得东拉西扯了……”

“要是这次换不成老师，我们就直接找校长。隔壁班一个同学是校长的侄女，我看能不能拉拢一下她……反正尽我们所能吧！你看数学老师的样子，明显是在混日子，可是我们不能混日子！我乔玥想达到的，绝对不能失败！”乔玥重重地呼出一口气。

“说得好！我们要加油！”花池猛地点头，拿起手中的笔。

正准备离开教室的数学老师却抬起头，意味不明地扫了她们一眼：“乔玥来我这里一下。”

乔玥猛地抬起头，感觉整个身体的力气都像被抽空了一般，四面八方的目光向她袭来。难道……刚刚声音太大，被听见了？

“你是数学课代表，你知道是谁找的教导主任吗？”数学老师言简意赅，目光再一次锐利地盯着乔玥。

乔玥心里一惊，更觉得头皮上全是数学老师火辣辣的视线。但她还是顾左右而言他：“好像……很多同学都去了。”

数学老师眉头一拧，直直地望向乔玥的眼睛，开口想再问下去。乔玥心里一慌，忙张口赶紧转移话题：“可能大家比较喜欢中国式教育，不太习惯吧……不过，老师这种新的教育方法可能很适合出国的同学。”

解释同学行为的同时给予老师肯定，并暗讽数学老师的教育方法不适合高考同学，应该下台。乔玥在心里给自己鼓掌，觉得自己这打太极的功夫都能当外交官了。

但是数学老师却不发话，只是用食指一下下有节奏地敲击着桌子，时间好像凝固在这一刻。

就在乔玥再次慌乱起来，觉得自己应该再说些什么的时候，数学老师斜斜地抬起眼角："嗯，你下去吧。"

乔玥总感觉，那一瞬间的眼神好像是看透了什么。

她突然就不想再继续这场游戏了。嘴上说着不怕枪打出头鸟，但是真的到了子弹打在出头鸟身上的时刻，出头鸟却想飞走了。

"没事吧……乔玥？"一旁关心的孟遥围上来，"她都问了些什么呀？"

"她问……"乔玥的声音还有些漂浮，似乎还沉浸在刚刚对话的紧张气氛之中，"是谁找的教导主任。"

"天啊……不过也正常，你是数学课代表嘛！"孟遥试图安抚乔玥，"不过那么多人都去了，你也别心虚呀！"

"我是这么回答她的。但是答案太模棱两可了，我感觉我好像已经暴露自己了……尤其是她的眼神。"乔玥还沉浸在刚刚的对话中，"那老师……不知道能做出什么来……"

"我们是不是……不该这样？"乔玥突然抬起头，眼神迷茫又飘忽不定。

"维护自己的权益，有什么不对？"孟遥反问一句，"坚持向自己认为对的方向走。"

乔玥陷入了沉思，气氛开始凝重起来。

但是，有花池的地方气氛就注定凝重不久。随着一声清脆响亮的“孟遥”，花池就甩着头发蹦跳而来。

“你和韩逸什么情况呀？昨天我可都看到了，你们都拉手手了！”花池满脸八卦与兴奋，亮着的两颗大眼睛充满了探寻的目光。

不等孟遥回答，旁边的艾歌就横插一句：“他们都在一起两年了，连老师都知道，你还不知道？”

花池明显很受伤，嘴里嘀咕着：“我之前没跟她一个班过……”

艾歌于心不忍：“看来你还是个八卦小白，不如以后跟我混吧！”

花池期待地猛点头，好像找到了组织。紧接着又冒着八卦之光看向孟遥：“你们谁主动的？”

孟遥简略地回答：“我。”

“啊？”这下不只花池，连艾歌也震惊了，赶紧上上下下地打量着孟遥和韩逸，惊讶地直呼，“不像啊……为啥呀？”

“因为……他很有趣。”

孟遥陷入回忆。

两年前，高一开学不到一个月的时候，轮到孟遥和韩逸的班级去食堂执勤。

孟遥是总负责人，自然去得早一些。但当她到的时候，一个同学已经到岗了，而且只有他提前到岗了。

孟遥隐约记得他好像叫杨铭，便走上前去，想随便说几句话消磨一下执勤时间：“杨铭？”

孟遥尝试叫了一句，但是他似乎没有反应。孟遥没有多想，又大声叫了一遍：“杨铭同学？”

对方转过头，好像挺眼熟的。孟遥更加肯定面前的是杨铭了，高兴得笑起来：“我记忆力不错吧？好远就认出你是杨铭！”

“我叫韩逸，杨铭是我好哥们。可能我们天天走在一起，不太好认。”

最怕空气突然安静。

孟遥本来还想问，那我叫杨铭你回头干什么。突然发现，因为执勤时间过早，方圆十里都没有人。

孟遥稀里糊涂地问了一句：“你怎么能叫韩逸呢……你为什么叫韩逸？”说完就后悔了……这算什么白痴问题？

“我虽然叫韩逸，可是我的名字没有任何含义。你的名字有什么特别的故事吗？”

孟遥忍不住笑了出来：“我是孟遥。我外婆对我妈妈管得比较严格，所以我妈妈完成了我外婆对她的期许，但是没有实现自己的梦想。所以，我妈妈给我取这个名字，是想让我追逐自己遥远的梦想。我妈妈平时挺开放的，让我自由生长。”

这是他们第一次对话的场景。孟遥到现在回想起那句“我虽然叫韩逸，可是我的名字没有任何含义”时，还是忍俊不禁。

花池在孟遥眼前晃了晃手：“你咋回事？这是入定了？”

孟遥回过神来：“感觉和他有说不完的话。不论你说什么他都能接上话，他说的话也不会让你感觉冷场。而且他很幽默，整天的日常就是‘哈哈哈哈哈，我跟你们说……’”

“情人眼里出西施，这是要撒狗粮的节奏啊！”艾歌一脸不忍直视。

“好吧，结果就是现在这样。”孟遥直接跳过过程，“走了走了，我要写作业了！”

花池还没有听够，只好继续问八卦通艾歌：“后来呢？”

“孟遥长得多好看，成绩也好，韩逸当然愿意了。只不过韩逸……你也知道，他除了有趣的灵魂，好像各方面都比孟遥差一点儿。然后是一个励志逆袭的故事。韩逸本来成绩还不到平均分，但有了孟遥的帮助，一下子成了班级前几名，现在都和孟遥不相上下了！所以，尽管他们整天当众‘有伤风化’，老师们也都睁一只眼闭一只眼，有时候还会开玩笑：韩逸啊，你这次考得比孟遥差一点儿啊，当心哪天孟遥不要你了哦。”

花池满脸笑容：“别人的故事，总是让我露出姨母笑，甚至也有点老鹿蹒跚起来。”

遥遥听到韩逸的未了话题，孟遥又回忆起暑假中惊险的一幕。

“遥遥，你过来一下。”吃过晚饭后，孟遥妈妈若有所思地把孟遥叫过来。

“你是不是在和韩逸谈恋爱？”

正在喝水的孟遥听到之后差点被呛到，只能装作镇定地回答：“唔……算是好朋友吧……”

孟遥还不太清楚妈妈如今的立场，不敢太放肆。

遥想当年初一的时候，孟遥刚刚开始谈恋爱却不幸被爸爸得知，爸爸凶巴巴地吼她：“再有下次，我打断你的腿！”后来妈妈温和地找过她，说十二三岁还太小了，所以爸爸才会那么生气，等以后再说吧。

孟遥怎么会因为爸爸的威胁而妥协？只不过，越来越有经验的孟遥再也没有让爸爸知道过。她当然还有下次，不仅有，还有好几个下次，才到了韩逸。

现在，孟遥觉得已经算是妈妈口中的“以后”了，只是不知道妈妈怎么想的。

“你谈恋爱妈妈不反对。青春是美好的，妈妈能理解。但是，妈妈对你只有一点要求：要谈就好好谈，高三不许分手；不谈就干脆讲清楚，等毕业后再说。”

“哎呀，妈妈我知道了！肯定不会分的，我们都两年……”孟遥没过脑子，脱口而出，又突然顿住，发现自己说漏了什么。

然而妈妈并没有在意这些细节，只是郑重地对孟遥说：“高三是十分关键的一年，在人的一生中起着非常重要的作用。我不希望你因为恋爱影响了学习。当然，妈妈更愿意你把学习和恋爱都处理得很好。”

“好的，谢谢妈妈！没其他事我赶紧学习啦！”孟遥说完，飞速地钻进自己的房间。

“嗨，韩逸，刚我妈问我咱俩的事儿呢！想不想听？”孟遥发出微信。

“当然想听了，还用问？”韩逸回复。

“我妈没有反对咱俩，是不是很开心！是不是很激动？!”

“是啊是啊！还要感谢阿姨开明！”

“那你赶紧好好学习吧，否则影响学习了，我妈可要反对了！”

“好！一起加油！”韩逸关掉对话框，把手机放到一边，赶紧翻开书。

而韩逸的妈妈正欣喜又满意地看着自己孩子努力学习的样子。在高二下半学期，儿子的成绩突飞猛进，几次测验排名明显靠前。而从暑假以来，韩逸学习也比之前高一高二时努力多了，时间也抓得很紧，这让韩逸妈妈很欣慰。她由衷地感叹：“男孩子开窍晚，终于知道学习了，总算让我放心很多。”

时光飞逝到现在，转眼间上课铃已打响。

“这节课，我们来讲边塞军旅诗。大家看下 PPT……”语文老师放下手中的复习资料，对着电脑点了点。

“边塞军旅诗以描写边塞风光，反映戍边将士生活为基本内容，是唐诗的主要题材，也是唐诗中思想性最深刻、想象力最丰富、艺术性最强的一部分。边塞诗派的代表人物有高适、岑参、王昌龄、王之涣、李益、范仲淹……”

乔玥盯着语文老师一张一合的嘴，第一次在自己喜欢的语文课上走神了。

“乔玥！”语文老师看到她眼神缥缈地望向窗外，皱了皱眉，“边塞军旅诗主要反映了什么？”

乔玥依旧目光呆滞地沉浸在自己的世界里，脱口而出：“起义失败被镇压后，惨遭发配边疆……”

“哈哈哈哈哈哈……”班级里的一阵哄笑，把心神不宁的乔玥拉进现实。她有些沮丧地拍拍头。我都说了些什么呀？

语文老师似笑非笑地看了乔玥一眼：“乔玥啊，你再不认真听课，大学可真的要靠边了……”

尽管如此，在剩下的课里，乔玥依旧魂不守舍，手上记着笔记，大脑却一片空白。直到下课铃打响，才如梦初醒地抬起头，看着空了的讲台，愣了一下，随后又无力地趴在桌子上。

孟遥看着不在状态的乔玥，关心地从后面走过来，拍拍乔玥的肩：“走，出去透透气！”

“不了。”乔玥闷闷地冒出两个字。换数学老师的事死死地盘旋在她的脑海里，让她寝食难安，整张脸都皱成了一团。过了一会儿，终于抬起头：“你说，我们现在该怎么办呢？要不要实施第二方案？”

“这才第二天啊，就算教导主任同意，也要花时间协调安排老师的呀！”孟遥赶紧安慰乔玥。

等待，似乎很漫长！气氛又一次凝重起来。

“那两个同学，出来一下。”一周后，教导主任站在门外，指向乔玥和孟遥。

乔玥已经被联合大家“起义”、去教导处、数学老师的单独审问这一系列事情弄得身心俱疲。这会儿看教导主任又要找他们，不知是福是祸。虽然理由正当，但似乎又总感觉哪里不太对……这让她有一种螳臂当车的无力感，心底隐隐地渗出一丝悔意，不禁一遍遍地问自己——我这样，真的对吗？

孟遥走过乔玥的座位时，看到垂着脑袋无精打采的乔玥，拍拍她的肩膀："走啦，有新进展才会叫我们出去啊！"

乔玥想想也是，心里忍不住又激动起来，只是不知道等待她们的是什么结果。

教导主任穿着一身黑，显得莫名有些压抑："你们的提议我考虑过了，打算让原来负责行政的方老师带你们班。这样一来，她就要既负责行政工作，又带两个高三班的学生，压力很大。我也不知道她能不能坚持带你们。不过目前来看，她是同意的。"

"太好啦！那我们什么时候能听到她的课呀？"乔玥原本被换老师弄得身心俱疲，现在那张脸一下恢复了活力，变得精神焕发起来。

"可能要过两天了。方老师本来身体就不好，这两天又扭到了肘关节，所以请假了。"教导主任一脸无奈，"方老师再带一届就要退休了，结果现在还给她安排这么多工作，都是因为你们这些学生啊！你们可要好好珍惜方老师！"

"一定会好好学数学的，谢谢老师！"孟遥满脸笑容，冲进教室，宣布"起义"成功的消息。

那两天，在同学们的期盼中过得格外漫长，但这反而让方老师的来临显得姗姗来迟，但又有一种压轴戏的感觉。

上课铃打响了，大家都挺直身板，屏息以待。

"我都不知道，我们一直争取换老师是福还是祸……"花池小声嘀咕着，"方老师……可是很凶的！我跟你们提个醒，千万不要和她对视！要不然……"

还不等花池说完，一个黑影就映在了门上，随后方老师出现了。

神不知鬼不觉，走路没有声音。

“听说你们摸底卷还没讲完，拿出来。”方老师言简意赅，没有一丝拖沓。哪怕她的右手还缠着绷带挂在脖子上，也神色如常得和平时走进自己班级一样。

“要不然怎么样？”涟漪还是有点好奇。

“她会从大脑中搜集你所有的成绩信息，并结合学习状态、作业情况、上课听讲的认真程度进行全方位点评，并对你提出发展型建议。但是，她现在还不认识你，只知道你的摸底成绩……你想想你的摸底成绩……我建议你还是算了。”

“天啊……”涟漪痛苦地捂住脸。

“花池——”方老师声音顿了顿，“下课到我办公室来。”

涟漪有些心虚地不敢和老师对视。

后来涟漪才发现，数学方老师也并不是上课只讲题，也并不是一直严肃，偶尔也会穿插些自己的人生体验。

“我小时候坐火车来上海玩，那还是几十年前。我在火车站看到五六个并排的自动扶梯占满整个大厅，有一种从天通到地的气势，特别雄伟壮观！从那个时候起，我就立志要考到上海！虽然中间出现了一些小插曲，但最终我还是留在了上海，完成了我的心愿。你们有这么好的条件，有什么理由不努力呢？”

“还总有同学上课打瞌睡，我看着都觉得很可怜。眼睛盯着黑板，看着看着就闭起来了。学校每天让你们睡七个半小时，十八岁的孩子，完全够了呀！你们都是一群聪明孩子，可是为什么有些同学的成绩总是得不到提高？就是因为你们觉得根本无所谓！”

“如果你想赶上前面的那辆公交，那你就一定能赶上！”方老师的名言，振聋发聩地在天地间回响。

方老师讲故事的特点在于，无论什么样的故事，总是能紧扣主题达到教育同学的效果。涟漪感觉，方老师的语文作文一定从来没有偏题过。

只不过现在的涟漪并不知道这些，吓得不敢再发出声音。

第二章

奋斗的日子

看着纸条，似乎可以穿过时间的洪流，看到当初那个眼神明亮、充满希冀、相信一切都有无限可能的自己，便觉得自己一定不能辜负她。

9 月 15 日　距高考还有 265 天。

晚自修前的教室并不安静。

“这道怎么做呀？”乔玥拿起数学老师的作业练习题，“完全没有思路欸！”

“对对！就是这道！我感觉我做得挺对的，可是算了一半就算不下去了……”孟遥皱着眉头，转过身去，“韩逸，你做这题了吗？”

韩逸看了看作业：“还没做到，我看看。”

“算了。”孟遥等不及了，对着卷子上的题目拍了个照，“我们还是问*作业帮*和*学霸君*（App）吧……”

“搜到了！”孟遥激动地拍拍乔玥，“但是和我不是一个方法……”

“可是这个步骤我还是不太懂欸……它三角换元之后，怎么算出来这个式子的？”

“我不太懂的是，为什么要换元不能直接做呀？换元后多复杂的式子啊，算错了怎么办？我感觉我直接做也挺好的，就是算不下去了……”

“嗯……”乔玥想了想，“你都算不下去了，正好说明不能直接做呀！”

“什么东西……”孟遥感觉乱七八糟的，“我们还是让木大神给我们讲讲吧！我感觉我们越说越糊涂。”

木清华拿过题目，凝视十秒钟后拿起笔，在纸上一顿写写画画。两分钟后放下笔，开始了她的表演。

涟漪也不会做那道题，也试图听听到底该怎么做。可是却发现不仅木清华的讲解她听不懂，甚至连同学们七嘴八舌的讨论也一头雾水，就好像她们说的不是一道题一般。

她只觉得心坠落到谷底，在九月的夕阳中浑身发冷，用尽了最后一丝底气。

涟漪没有凑过去，甚至连那道题目说什么都没搞懂。她感觉她凑过去似乎只能自取其辱——互相交流才能讨论，而现在的涟漪似乎连与人交流数学题的能力都没有。最终，在一阵百思不得其解后，涟漪决定放弃。

“来一下！”涟漪定定地看着卷子上的三个字和一个醒目的感叹号——放弃做题的报应倒是来得很快。

方老师的确讲得很好，上课的效率也比之前的数学老师有显著提高，至少一节课能讲完摸底试卷。但是，毕竟高三的课堂只是复习，而不是重新讲一遍。讲课速度相比之前明显有所提升，这就让前面基础没打好的涟漪听起来有些吃力。

面对参差不齐的学生，方老师也陷入了两难的境地——讲得太快，原来班带的学生跟不上；而讲得太慢，自己教过的那些学生又觉得太简单。方老师只好想出一个折中的办法：让之前数学基础比较薄弱或者作业有问题、成绩不理想的同学，来办公室单独讲题，有针对性地解决问题。

而通常，一个感叹号代表普通版，可能是错了别人没有错的题，但是又很典型，此种可以享受方老师的特色小灶；两个感叹号是升级版，一定是犯了什么方老师反复强调的错误，或者是有了明显的连续出错的知识漏洞；而三个感叹号代表这个学生要有心理准备，将受到方老师狂风暴雨的洗礼——通常是上课讲过的原题做错了，或者测验成绩持续低于平常水平。

而现在，涟漪忐忑不安地走进方老师的办公室，下意识地和老师保持了一定距离。

“方老师生起气来好凶的！”涟漪突然想到花池一脸苦相地讲曾经的八卦，“木清华这种大神都被方老师骂哭过！以前我们宁可其他五门作业全做不完，也不敢不做一门数学作业！而且大多数情况是，一门数学作业比其他五门作业加起来还要多！”

涟漪怀疑木清华的数学成绩之所以那么好，很大一部分原因是来自方老师，毕竟严师出高徒。

“这道题——”方老师的笔尖指着卷子，轻轻点了两下，“怎么空着？”

“我，我不会……”涟漪心虚至极。

“不会有没有仔细想想？”

“想了。”涟漪声音小得连自己都听不到，心想，借我十个胆子，我也不敢题目不想就空着呀……

“来，我给你讲下。”方老师扯过一把椅子，让涟漪坐下。

涟漪的心怦怦直跳。

“还有这道题——”方老师指着数列的那道题。“基本含义没有弄懂。”

方老师讲解过后，涟漪感觉似乎没有以前那么茫然了。

“班级里不止一个你这样的学生。你们原来班的情况我也知道，好几个孩子都存在基础差的问题。没有关系，耐心地多看看，多理解，是可以赶上来的，不要着急。”

方老师并没有狠狠责怪涟漪，反而宽慰起来，这让涟漪心里踏实了很多。

“你下去先不要做新题，也不要做太难的题，把做错的题先整理出来。高中就三百多个知识点，你都弄明白了，就可以拿到 120 分。”

就……就三百多个？涟漪心里有些慌张，但是想到方老师的本意是鼓励自己，便振作起来。

当天晚上刚一回去，涟漪就在书桌前坐定，回顾起白天上课的内容。在脑海中快速掠过一遍后，赶紧在纸上写下晚上的学习计划。随后在一张巨大的白纸上用力地写下：“一定能实现梦想！”之后麻利地剪断一截胶带，贴在墙上，审视几秒，露出越来越满意的笑。

为了防止自己动摇信念，迷失方向，涟漪只好用最简单可行的办法，虽然她自己也不知道这样做有没有用。她又歪着脑袋想了一会儿，在下面补上一句：“我一定可以考上理想的大学！数学也是可以追上去的！”

涟漪先是打开网页，买了各种科目的一大堆参考书和模拟题，然后心里终于有了些踏实感。似乎这些习题与复习资料便是自己的弹药与粮仓，有了这些便可以安心上战场一般。

摊开试卷，似乎连那些习题都变得和蔼可亲起来——就像在到达华丽的宫殿之前，与侍卫进行周旋，令人期待与兴奋。

她终于拿起笔，逐渐让自己沉浸在题目中。

九月桂花的香甜融化在清澈的晚风中，转动着轻快的舞步拂过涟漪的鼻尖。恍如隔世，似乎一切都回到了三年前的原点，和初三时在教室中用功刻苦学习时闻到桂花香的涟漪的身影逐渐重叠。后来的那两年逐渐缩短，消失，直到与时光融为一体。没有初三免试的失败，没有高一高二因为竞赛牵扯精力而影响学业，涟漪还是本来的模样。

一切都还是本来的模样。

十一点，涟漪整个人疲惫地倒在床上。她挣扎着想起来，可是浑身都像被抽空了一般，眼睛都睁不开了。她的基因里没有熬夜这项功能。

这一点，从小就表现得十分明显。

“我都快急死了！”几年前，邻居筱雅妈妈向涟漪妈妈抱怨，“现在都初三了，整天十一点就睡觉了！筱雅老师在期中考试前和我们说，要考试了，孩子们就不要学习得太晚了，十二点钟就可以准备睡觉了……我都吓死了！别人十二点睡都算好好休息了，那我们……”

“哎，别急别急……”涟漪妈妈讪讪地说，“涟漪九点半就开始洗漱了……筱雅已经很用功了……”

是的，哪怕在初三的时候，涟漪都一直保持着九点半睡觉的习惯。

然后那天晚上，家里鸡犬不宁，涟漪上蹿下跳，妈妈的怒吼声响彻云霄。

尽管如此，涟漪还是没有练就熬夜学习这项功能。

那么，涟漪想了想，我可以换一个思路，比如说早起怎么样？

“夏天早起很容易的。夏天四点多天就亮了，早上学习效率高……”涟漪唐僧一般地念了几遍，猛地摁了闹钟几下，定上早上五点钟的闹铃。

只能奢望早起这种方法快快见效。

“明天我一定可以按时早起。”涟漪在心中默念三遍，给自己积极的心理暗示，准备昏昏睡去。突然又想到什么，一骨碌爬起来，抓起一支笔。

“奋斗的日子就要开始了，毕竟日子过得是那样快。高考就要来临了，是时候改变点什么了。我以后打算五点钟起床。”涟漪写下一张小纸条，丢进铁盒子里。这是涟漪在升入高三的那个暑假养成的习惯：当她疲惫、懈怠，或者想放弃的时候，就打开铁盒子，读一读曾经记下的小纸条，然后重新写一张鼓舞人心的纸条丢进盒子，激励自己继续前行。晓薇曾经告诉过涟漪这种方法，尽管她似乎只把它当作一种穿越时间长河的游戏——毕竟，晓薇永远那么自信满满，就算在众叛亲离的环境中也能当自己的国王。

后来，涟漪开发出这种游戏的隐身功能：自己鼓励自己。这似乎异常有效，涟漪深有其感。当她回顾小纸条的时候，就像另一个人在给她鼓励一般。曾经的自己和如今的自己在思想和说话方式上总是不尽相同。

看着纸条，似乎可以穿过时间的洪流，看到当初那个眼神明亮、充满希冀、相信一切都有无限可能的自己，便觉得自己一定不能辜负她。

涟漪满意地把铁盒子放到自己床头，安然入睡。

林雪妈妈急得根本睡不着，思来想去斟酌自己的措辞，最终还是穿上拖鞋，向林雪的房间走去。

“林雪，你从明天开始走读吧。妈妈租了学校正对面的房子，走路只要两分钟。”

“啊？”林雪一时没有反应过来，“为什么？”

“你不是说学校十一点就熄灯了吗？你用手机或者手电筒学习对你眼睛不好，还是在书桌上学习吧。而且，你总不能因为在学校睡得早，一到周末，就像今天一样通宵学习呀。这对你的身体和第二天的学习效率不利。况且你总是生病，三天两头感冒，多影响学习！如果我来照顾你，或许就不会总生病了。”

“唔，也是。”林雪想到有些同学对她的议论，点点头。

“那一个月租金多少钱啊？我们放着自己的房子不住，去租房子……”林雪又有些迟疑。

“租金没多少钱，妈妈还是出得起的，而且这不是你该考虑的问题。你只要想怎么提高成绩就行！”

“好……”林雪很是感动，“可是，这样我压力反而更大。要是学习没有进步，岂不是更加对不起你们？”

“为了你高考，这点事情算什么啊！”妈妈豪爽地一挥手，“你不用压力大。这里离我公司很近，我上班也更方便了。只不过爸爸工作忙，不能总来看我们。”

“没事，反正就不到一年了嘛！有事可以打电话给他呀！”林雪也甩开顾虑，爽快起来。

……

“看来我没有退路了，只能一心准备高考了！”林雪苦笑着翻开书，让自己全身心投入到书本中。

五点整，晨曦微光下的涟漪在万籁俱寂中翻开书，而学校对面公寓里的林雪，伏在书桌前睡得正熟。

涟漪看着书上的笔记，读了几遍，开始背诵相关内容。她听说晚上睡前和早上刚醒来适合背诵，记忆会更加深刻。

“如使人之所欲莫甚于生，则凡可以得生者何不用也？使人之所恶莫甚于死者，则凡可以辟患者何不为也？由是则生而有不用也，由是则可以辟患而有不为也。是故所欲有甚于生者，所恶有甚于死者。非独贤者有是心也，人皆有之，贤者能勿丧耳。”

涟漪感觉自己的舌头都要打结了——这什么东西啊……

不情愿地合上书，脑海里却只剩下最后一句“贤者能勿丧耳”。前面的呢？前面像绕口令一样正着说了反着说的呢？

大脑空空就是涟漪现在的状态——翻书马冬梅，合书马什么梅？就是现在的涟漪本人无疑了。

涟漪有些受挫。可是，背诵范围里的内容是无论如何也要背下来的。她只得继续打开书，不停地通读起来，将内容化为几个部分理解。个别还是不记得的句子，就只能死记硬背了。

回想起初中时背的英语课文，就是因为听读了太多遍，哪怕已经过了三年，涟漪现在还能倒背如流，甚至连语气都能模仿得如出一辙。这或许也是一种死记硬背吧。但凡出现几个字，剩下的字都不用想，就可以直接蹦出来。

现在的涟漪，对于无法理解的背诵材料，或许也要死记硬背了。毕竟，梦想不论怎样也要达到！爸爸经常告诉涟漪："聪明人才愿意下苦功夫。而大多数人都没有努力到可以谈智商的地步。"

所以，一向自诩聪明的涟漪，也只得耐下性子，和背诵材料来一场你死我活的厮杀。

林雪一个激灵从书桌上醒来，看看表，已经五点半了。

浑身酸痛的感觉让林雪不禁皱起眉。她隐约记得一点半的时候她还在和一道数列题目厮杀，怎么也证明不出来，只能再读几遍题目。结果，读着读着意识就模糊了，现在天都亮了。

看着还是空白的题目，林雪一个箭步冲到水池旁。冰凉的冷水冲刷着糊里糊涂的神经，让她迅速清醒过来。

又荒废了一个晚上！林雪有些焦虑，赶紧拔开笔盖，做起凌晨未做完的题。

如果涟漪知道林雪的学习状态，或许就不会觉得自己很努力了。

但是现在，看着教室大屏幕上放着的综艺节目，涟漪不禁觉得自己学习态度端正极了！

“艾歌！这档节目好好看啊，我以前都没发现！”在花池第三次被综艺节目逗笑之后，终于发出感叹，“我发现艾歌简直是宝藏女孩！不仅知道什么节目好看，还知道好多好听的歌！”

艾歌爽朗地大笑：“我给大家放的节目绝对有质量保障！也就趁自修课和中午的一个小时娱乐一下啦！”

所以……大家不学习吗？林雪环顾了一下四周，孟遥和程莞也感兴趣地围在大屏幕前面看得津津有味。

“我爱豆（偶像）也参加这档综艺！我爱死他了！”孟遥激动地拍着桌子，“对了，什么时候放他的新歌啊？”

“你们要是想听，看完这集就放。还有他们男团出的专辑或者节目访谈我都有！噢，对了，ABC 女团最近正火，你们要看她们的节目吗？”

“要要要！全都要！”孟遥已经处于兴奋的疯癫状态，“天啊！世界上怎么会有如此有趣的事情！”

还全都要？真的打算不学习了吗？涟漪有些无语。

“大家放心，我可是爱奇艺和芒果会员都有的，可以给大家跳过广告哦！”艾歌双手握成扩音器，向大家宣布好消息。

“天啊，艾歌！你简直太贴心了！”孟遥也被成功“俘虏”，一把抱住艾歌，“生活竟变得该死的美好起来！”

“艾歌，爱上你如歌的生活！”艾歌一本正经地为自己打广告。

“真的，你要是商品我第一个把你买下来！”孟遥也变成星星眼。

木清华终于抬起头："会不会打扰到学习的同学？"

"吵到你啦？抱歉抱歉，我们轻一点儿！"不等艾歌发话，死忠粉孟遥就把电脑的声音调低了些，可是在教室里声音依旧一清二楚。

"大家都在看，谁在学习呀……"倒是花池不高兴地嘟哝了一句，"杨铭和程莞都看得上瘾！"

林雪抱着学习的书，从后门走向空无一人的小教室。

涟漪想了想，也拿上东西紧跟她的步伐。

推开小教室的门，苏阳已经在里面自习了很久的样子。小教室里没有空调，并不如大教室凉爽宜人。闷热的空气一股脑地涌来，让涟漪撞了个满怀，甚至让她在一瞬间有些昏昏欲睡。

其实，在教室大屏幕上和大部分同学一起看综艺节目也挺好的吧！有张有弛，放松一下自己说不定学习效率更高呢！

涟漪有些动摇——大家都在看综艺节目，凭什么我不能去看呢？像孟遥这种成绩好的同学都在看呢！说明这样并不会影响成绩呀。

涟漪心中的怠惰立刻蠢蠢欲动起来，甚至支配着她要站起身回去。

"啪！"笔掉落在地上的声音，清脆尖锐，让涟漪一个激灵。她抬起头环顾四周，此时的苏阳和林雪已经进入学习状态。林雪捡起掉落的红笔，继续订正自己的题目。

不对，这些同学才是我的伙伴！我和隔壁的同学不一样，我可是立志要考北大的人……怎么能和他们一样呢？

也就在一瞬间，涟漪原本糊里糊涂的脑袋突然变得清醒起来，赶紧翻开书本，投入下一轮的学习。

或许，梦想带来的自恃清高，也能成为一种正向激励。

正向激励似乎不仅让涟漪变得自律，在主动求学方面也颇有成效。

比如现在，周末涟漪给自己报满了辅导班，她正坐在辅导班教室里。屋子里满满当当地坐了二十几个人，而手边卷子上印着的“高三集训题目汇总”“高考数学各类解题技巧”等博人眼球的标题，让涟漪感叹：现在的老师都化身“标题党”了。

只是，涟漪依旧苦于没有听懂的题——课间的十分钟，老师身旁已经围了里三圈外三圈的人，涟漪只好作罢。想想上课时老师的做题讲题模式，涟漪不禁怀疑起课堂上的时间利用率。

这样，是不是太没有针对性呢？涟漪突然有些怀疑。但是，似乎所有的大课都是这样，从小到大的辅导班也都是这种模式，最多总结一下答题方法，无一例外。

涟漪矛盾极了，只好摇摇头，先投入眼下的学习内容，继续想那道没有想明白的题。这种怀疑在涟漪脑海中一闪而过，似流星一般，没有留下印迹。

“妈妈，又要开家长会了！”涟漪挥着手里的家长会告知书，“上面写着‘会议重要，请拨冗参加’。态度挺强硬的嘛！”

“都高三了，态度强硬也是应该的。”妈妈接过告知书，“我肯定不缺席，有故也不缺席，请年假。听说杨铭妈妈现在就提前把明年的年假请好了，寒假专门监督杨铭学习，我也不能落后！”

“杨铭也太可怜了吧……”涟漪一脸怜悯。谁知还不等说完，妈妈就又来了一句：“所以我也打算这么干！”

“别！”涟漪差点昏过去。

“乔玥妈妈专门为乔玥高考辞职了，当全职妈妈，就是为了能照顾好乔玥！我感觉我又落后不少……”涟漪妈妈还在想着什么。

涟漪深吸一口气，趁妈妈语出惊人地说出“要不我也辞职吧”之类的话之前溜回房间。

为了表现自己的不落后，涟漪妈妈在家长会开始前四十分钟就早早到了学校。哪知办公室已经人满为患，一大堆家长已经将老师围得水泄不通。涟漪妈妈不禁感叹，到了高三，别说学生，连家长都拼命了！

尽管如此，涟漪妈妈还是凑到暂时没有人围着的语文老师身旁，赶紧问：“程老师好！涟漪开学这段时间语文怎么样啊？”

“涟漪听课挺认真的。现代文阅读理解一直不错，就是古文差了点，还有古诗词默写，有时候会错。不过下功夫多背背，成绩是可以继续提高的。其他的都挺好，涟漪妈妈放心。”

“好的，谢谢老师！”涟漪妈妈赶紧记下，心中的紧张略微有所缓解。

可是，一旁的杨铭妈妈却没有涟漪妈妈轻松。她一脸焦急地望着数学方老师，眉头皱得越来越紧。

“杨铭啊……”方老师想了想，像一台精密的仪器在飞速地整合数据，“他上课情况还好，就是最近作业完成得有点差，错误率比平常高很多。我昨天刚把他叫到办公室找我。我推测他还是贪玩吧，不过现在高三了，要收敛些了……”

“好！我回去一定狠狠说他！”杨铭妈妈一脸同仇敌忾，好像在战争中找到了盟友，一致对外。

后面排队的涟漪妈妈听到前面的对话后，原本有所放松的心情再一次忐忑起来。待杨铭妈妈沟通完后，涟漪妈妈也赶紧问方老师：“涟漪最近数学怎么样？我们好着急啊！”

对比之下，方老师倒显得悠闲起来。她并没有像对杨铭妈妈一样提一些建议，只是说：“慢慢来吧，学习和能力都需要积淀的过程。尤其是高三数学，不是一天两天就能上去的，高一高二的基础太重要。你让她多问多思多动脑。我也跟她讲了，不懂就来问我。”

“可是只有半年多的时间了……怎么来得及呀？”涟漪妈妈试图从方老师那里得到些速成真经。

“学习要有过程的，哪能立竿见影呢！你这种焦虑会传染给孩子的啊。家长一定要放平心态！”方老师老练地安抚家长的情绪。她看得出来，高三的涟漪已经在很认真地学数学了，大可不必像对待有些马虎的杨铭一样，在家长面前敲响警钟，徒增学生的压力。涟漪的数学成绩目前没有显著的提高，可能是厚积而薄发的缘故。现在火候未到，自然不会有质的飞跃。假以时日，必定能在原有的基础上有所突破。过于急功近利地想看到结果，反而有可能因为情绪的波动和自我怀疑而适得其反。

涟漪妈妈谢过方老师，脑海里还盘旋着那些话。一直到主持家长会的教导主任走上台，才渐渐缓过神来。

“这是我们高三的第一次家长会。现在，由高三年级组长给大家讲讲高三的一些事项。”言罢，教导主任侧身站到一旁，让出位置。

年级组长风风火火地走上台，带着一股高三特有的紧迫感。

“各位家长好！感谢大家百忙之中参加高三年级家长会。大家知道，从上届开始，上海高考改革为3+3模式，不分文理，外语可以考两次。其中，数学、语文、外语为大三门，每门150分。除语数外，再从物理、化学、生物、政治、历史、地理6门中选考3门，即小三门，按A/B/C/D/E等级打分。通过高中学业水平考试，即获得40分。也就是说，小三门每门最高70分，最低40分。高考总分660分。”

年级组长步入正题：“一、合理预期——高考形势分析。总的来说，整体升学形势还是非常好的。大家看下去年的分数段以及对应的学校……”屏幕开始滚动上届的录取分数、位次、各科成绩以及对应的学校。家长们赶紧一张张地拍照，生怕错过了什么有用的信息。

“看着真是触目惊心啊。只差几分，就是完全不一样档次的学校。”涟漪妈妈盯着屏幕由衷地感叹。

“是啊！”坐在旁边的林雪妈妈也附和着，“差一分，一两百人就出去了。”

“二、选择方向——各种招生途径。有艺考、春考、自招、综招和裸考。也就是说，如果符合条件，你可以通过上述任何一种方式进入你想去的大学。其中，值得讲的是综合评价：从去年起，复旦大学、上海交通大学、同济大学、上海财经大学、华东师范大学等上海的九所985和211学校实行‘基于高考成绩，综合考虑学生整体素质’的选拔方式。综合成绩中，高考成绩占60%，面试成绩占30%，高中学业水平成绩占10%……”

“三、控制节奏——几个重要的时间节点。11 月期中考，艺考报名；12 月一模考；1 月语数外春考，外语第一次高考；3 月自主招生材料提交；4 月综合评价招生材料提交，二模考；5 月小三门等级考；6 月数学语文高考，英语第二次高考……”

“大家也看到了，高考不是孩子一个人的事，是一个家庭的事。高考成绩的背后拼的还是体力和心理承受力。家长也可以适当给孩子增加些营养。另外，要加强体育锻炼。为此，学校每周安排了三节体育课。学校每天 11 点熄灯，也是为了保证学生的睡眠质量。走读的同学也不要睡得太晚，以免影响第二天的学习效率。实在困的时候，可以在太阳穴涂点清凉油，提提精神……”

台下的涟漪妈妈频频点头，喃喃自语道：“涟漪整天精神不好，是不是该给她改善一下伙食了？”

说干就干，涟漪妈妈一回到家，就开始研究食谱：“临睡前喝牛奶有助于睡眠，这可能与牛奶含有较多色氨酸或某些肽类有关。色氨酸能促进大脑神经递质 5- 羟色胺的分泌。5- 羟色胺具有镇静作用，有助于睡眠。富含色氨酸的食物有香蕉、腰果、开心果、火鸡肉……”

“嗯……好像看不太懂……不过牛奶、香蕉、坚果好像是好东西……”涟漪妈妈做着笔记，然后点击下一个网页。

“看来香蕉是好东西，两个网页都提到了，每天都要让涟漪吃。”妈妈点着头，在香蕉上画了一个圆圈，“清凉油什么的也挺好的，好像泰国还有一种像薄荷棒的东西也可以提神。我去问问表姐，她刚从泰国回来……”

于是，涟漪一出房间门，就看到妈妈一边嘀嘀咕咕，一边在笔记本上奋笔疾书。

“妈妈，你干啥呢？也高考？”涟漪一脸诧异地低头看本子。

“给你研究食谱呢。记住，以后睡前喝杯牛奶，有助于睡眠。”妈妈现学现用，“还有香蕉。香蕉营养丰富，热量低，含有被称为‘智慧之盐’的磷，又有丰富的蛋白质、糖、钾、维生素A和C，常吃有健脑的作用。最好能每天吃一根……”

随后，妈妈继续头也不抬地在笔记本上唰唰记录着：“你学习要有我研究食谱一半认真，早考年级前几名了……”

“你都不知道，现在的家长也都为高考拼命了：家长会刚一结束，家长们就蜂拥而上，围着教导主任问有关综合评价、保送分数计算的问题。场面喧嚣热闹，好像教导主任是明星一样！我也不能落后！”

“唉……”涟漪长长地叹出一口气。

第二天一早，涟漪就发现了家长们努力的结果——甚至在开家长会之前，有些父母就开始给孩子补身体了。

只见林雪打开一个神秘的袋子，拿出一把花花绿绿的东西。

“林雪，你在吃什么啊？”好奇的花池蹿到林雪身旁，指着保鲜袋里的东西，“这些是药丸吧……你生病了？”

“这么多药……病得不轻吧？”花池小声嘀咕。

“没有生病，这是保健品。”林雪笑笑。林妈妈看到女儿天天学习到凌晨，担心她会体力不支，奈何刻苦的林雪根本不听妈妈说的早点睡之类的话。无计可施的林妈妈只得托国外的朋友买了很多进口保健品——听说进口药纯度较高，吃多了也不会出现保健品中毒的现象。

“哇——这么多种类？都是干什么的呀？”

“这个浅蓝色的是补眼睛的；金色的是鱼肝油；白色小圆片是维生素 C；白色大椭圆形的是增强免疫力的；米黄色小颗粒的是增强记忆力的；褐色胶囊是补大脑营养的；浅黄色上面有凹下去的是护肝片，增强身体排毒功能。估计我妈怕我熬夜学习猝死。”

“那你吃这么多，不怕在你体内发生化学反应吗？比如爆炸什么的？你要注意安全啊！”

林雪一脸惊愕：“爆炸？”

“嘿嘿……我不选化学……”花池赶紧为自己开脱。

“我之前听说杨铭和苏阳吃海参时就挺惊讶了。没想到你还吃保健品！”

花池不禁回想起，在自己又一次调侃程莞的体型后，程莞的说辞：“这可不怪我！自从到了高三，我妈每周给我吃好几个海参，说是要给我补身体，然后就补成这样了……”

“对！我妈也给我吃海参，还有西洋参，说是可以提高精神，不犯困！”一旁的杨铭听到后也来了劲，“但是，我们这种吃法会不会吃出问题啊，补品过剩什么的……”

“海参应该没问题。西洋参有静心凝神、消除疲劳、增强记忆力等功效，还可以提高免疫力，促进血液活力。与人参不同，多吃无害。”程莞想了想，补充道，“蜂王浆不能多吃，可能会导致腹泻。燕窝也不行。对食物我还是很有研究的。我原来知道的还要多，不过现在啊，老夫退隐江湖多年，也改行了，改研究这个了——”程莞啪的一声把模拟卷、真题卷等厚厚一沓卷子扔在桌子上，“这个更高深。”

花池从回忆中回过神，眼前的林雪正用力拧开自己的保温杯，麻秆一样的手腕上因用力而突起青色的血管，看上去甚至有些恐怖。她不禁暗自嘀咕，高考都把同学们折磨成什么样了——吃这么多药丸和补品还瘦成这样！

“我也不只吃保健品，也吃参——西洋参。”

人家是保温杯里泡枸杞，林雪直接泡参。

花池惊得目瞪口呆：“老……老干部！”

“对了，你到高三是怎么暴瘦的？给我传授一下减肥的经验呗。”花池不忘帮自己的减肥事业答疑解惑一番。

“我……”林雪陷入沉思，“我也不知道，暑假就这样了。”回想起天天睡四五个小时，由于压力大而吃不下饭甚至厌食的暑假，林雪避重就轻，一句话掠过。

“对了，你吃了这些是不是就不困了？”涟漪也凑了过来。自从她早上五点钟起床之后，白天精神就一直不好。可是林雪却丝毫没有上课打瞌睡的迹象。林雪这种课间做题目、排队背单词的同学，肯定比她努力多了——从林雪天天厚重的黑眼圈就可以看出来。

“吃西洋参可以提神，还可以喝咖啡和鸡精。但是鸡精平常最好不要喝，等到有考试或者面试的重大场合再喝。至于保健品的功效，我没有感觉，也就这么吃吃看吧。”

“哦，好。”涟漪若有所思，赶紧记下“林医生”的建议。

于是第二天，涟漪拿着一杯“黑暗饮品”，神情纠结地盯了许久。

“这是什么啊？”好奇的花池凑了上来，看了看涟漪杯子中黑褐色的液体，“毒药？”

“差不多吧。”涟漪皱着眉头，紧抿着嘴，大有一种视死如归的英雄气魄，“我要喝了它。”

“哎，别呀！”花池一把拉住了涟漪伸向“毒药”的手，“你咋啦？要喝毒药？”

涟漪解释道：“极其难喝的酸苦黑咖啡加上两大块方糖所熬制出来的毒药，又苦又甜又酸涩，并带着浓重的感冒药味。林雪‘医生’说可以提神。但是，我感觉会首先毒死我的舌头。”

“啊？不就是加了糖的黑咖啡吗？有那么难喝吗？”花池一脸质疑。

“那你来一口？”涟漪举起杯子，黑褐色的液体在杯中转动，好像张着大嘴要吞噬世界。

花池狐疑地喝了一口，五官顿时扭曲在一起，忍痛缓缓咽下：“感冒药味……呜……太难喝了……”说着，便飞快地拿起自己的水杯冲出教室。

涟漪无奈地苦笑，想到昨天晚上兴高采烈的妈妈。

“涟漪啊，你看我给你买了什么？”在听到涟漪要喝咖啡提神之后，妈妈火速跑到楼下买了一罐。

金光闪闪的瓶身，上面写着：“不添加植脂末，不添加糖，不添加香精……”

“金牌黑咖啡？”涟漪在看到名字的一刹那，就感到不妙，“你就买平常大家都喝的就行了呀……黑咖啡很难喝吧？”

“好喝的都不健康！”妈妈把一罐子棕黑色物体放在桌子上，“喝多了乱七八糟的速溶咖啡会导致心脑血管疾病，甚至致癌！这种什么都不添加的，看着安全多了！”

可是，在涟漪喝了第一口之后，那种又酸又苦又涩的味道，就从涟漪的嘴里一直蔓延到整个脑袋里。涟漪的整个脑袋都被难闻的味道呛得不清醒了。

涟漪毅然决然地扔进去两块方糖，再次喝了一口。

味道似乎更加活泼了，甜、苦、酸、涩一起汇聚在黑褐色的液体里，最终汇合成一种奇怪的感冒药的味道。它弥漫开来，久久不能散去。

而眼下，为了上课不犯困的涟漪，视死如归地“杀死”了自己的舌头，喝下“自制毒药”。

这叫什么——舍小我以成就大我。涟漪满意地点点头：真有思想觉悟！

然而，就算精神有所提高，在奋斗的路上，却依然还有些“大反派”张牙舞爪地逼近我们。我们试着躲避，却常常与他们狭路相逢。

啪！一巴掌掴在杨铭脑袋上，“又在看手机！”

妈妈神不知鬼不觉地站在杨铭背后，怒目圆睁像要吃人：“整天就知道耗时间。学习效率这么低，难怪成绩上不去！”

杨铭受不了地反击：“我都要累死了，看手机放松一下怎么了？不行，我要休息了，困啊……”说着打了一个大大的哈欠。

“才十点半就想睡觉？”杨妈冷笑一声，“你整天住校都是十一点才熄灯！现在周末不多花时间努力学习，怎么进步？”

“在学校一天才睡七个小时，根本不够，所以要周末补充精力啊！”杨铭答得理直气壮，“新闻报道里有好几个中学生跳楼的，就是迫于父母的淫威！”

“还会顶嘴了！我就是想让你扬名立万，才给你取名叫杨铭。结果呢？你这样连大学都考不上了，还怎么扬名立万？你刷手机的时候怎么那么精神？我看你不是困，是不想学习了！”杨妈气得面目狰狞，准备发火，但一想到儿子还要高考，情绪不能有这么大波动，便只好转换策略，防止正面冲突进一步恶化，“你自己冷静地想想。”说着推门出去，顺便带走了杨铭的手机。

“你人走就可以了，怎么还拿走我手机啊？”眼尖的杨铭不干了。

“手机归我了，高考后见吧。”杨铭妈妈挥一挥衣袖，带走一个手机。

“怎么手机不离手？”妈妈进门时又看到涟漪拿着手机，皱着眉头。

“查题啊，有不会的。”

“不会就空着，上课听老师讲。”

“可是，这么多总不能都空着吧。上次就被方老师找了。再说，*作业帮*也能解决我的问题，大部分都是能看懂的啊。”

“查*作业帮*不跟抄作业差不多？”

“不是呀，查题目和问老师差不多，都是从不会到会，解决问题。”

“不行，查题不好！”

妈妈打开一篇公众号文章，看到上面写着相关内容。

妈妈像律师找到法条一样兴奋：“你之前成绩上不去，跟手机肯定有关系。只可惜，妈妈刚看到这个消息。听木清华爸爸说，他高中只给了木清华一个老人机，所以木清华的成绩才一直那么好。”

“可是，孟遥也用智能机。她成绩也挺好啊。”

“你用手机，成绩不如她好，说明她的方法不适合你。”妈妈振振有词。

“你要不放心，就再给我找个一对一的数学老师好了。最好能到家里补课，省得我每周往外跑。我觉得，我应该有针对性地去解决问题。”

“这也是个办法。”妈妈答应着。毕竟涟漪同意不用手机查题，这就避免了很多不确定因素。况且，高一高二的数学老师对学生要求低，甚至连重要的《一课一练》都不要求学生做。

涟漪妈妈不知道，拔苗助长般地给涟漪在外面报了数学尖子班的大课。结果涟漪基础还没搞明白，根本跟不上，到最后索性就不去了。

“涟漪的情况适合上提优班。我们的提优班也不错，都是上海重点高中的同学在上。”辅导班老师想了想。

“可是，我对涟漪是有要求的。我想让她数学更好一点，上尖子班。”

“尖子班都是市重点前百分之几的学生上的，进度快，难度大，还有很多竞赛题。你这样只会打击涟漪的积极性。”辅导班老师想了想，语重心长地说。

“先报尖子班试试吧。如果不行，再退到提优班。”妈妈却也坚持着。

“好吧。既然你坚持，就报尖子班。但我还是想说，这只是你觉得。你没有征求涟漪的意见。”

涟漪妈妈回想起高一报数学辅导班时的情形。虽然涟漪后来也曾跟妈妈诉说听不懂，但妈妈坚持认为多看几遍书，多刷卷子就能搞定。但最后适得其反，涟漪在巨大的压力下，越来越不喜欢数学。上了一暑假尖子班数学后，她再也不去了。

“也好，晓薇也没在外面补。”涟漪妈妈安慰着自己。

不曾想晓薇和涟漪情况不同。两年过去，晓薇依旧是年级第一，涟漪的数学成绩却惨不忍睹。

到哪里找那种有经验，又可以到家里补课的一对一老师呢？

涟漪妈妈再一次大面积撒网，把认识的家长都问了个遍，终于在已经选择保送的陶然爸爸那里收到回复。

“我知道一个李老师，培养竞赛学生的，但是基础一点的题也讲得很好。陶然之前让他补习，效果不错。只不过陶然打算保送，现在不补数学，主攻英语了。他的价格是一次课两个小时，两千块。我把他微信给你。”

太好了！只要有效果，妈妈咬咬牙，一次课两千块算什么！中国的父母在世界上都有名——自己舍不得吃穿，但对孩子却格外慷慨。涟漪妈妈兴奋地加了微信，和老师约好时间。

“这个老师不错，陶然爸爸推荐的。可以到家里补，省得路上来回奔波。要不这周你也试试？”

“好吧。”涟漪想起一周补八个小时数学的乔玥，赶紧答应下来。

“涟漪，你是哪些知识点不会呢？”家教李老师开门见山，想有针对性地讲解。

“嗯……”涟漪想了想，感觉自己要把高中数学课本的目录报一遍了，沉默半晌，有些为难地问，“老师，你见过破渔网吗？一拎起来全是洞的那种……”

李老师马上笑了：“我知道了。要不我按照章节，给你重新梳理一遍？”

“好的，好的！”涟漪如小鸡啄米般点头。

“解析几何、数列……这几部分分值最高，要不我们先把重点章节一章一章梳理下？”妈妈赶紧提议。

“好的，涟漪妈妈放心，我会根据涟漪的实际情况制定学习计划的。”李老师微笑着让涟漪妈妈不要着急。

“好，不过我有几道题想先问问老师。”

两个小时很快就过去了。妈妈焦急地凑上前来询问涟漪：“感觉李老师怎么样？”

“还可以吧，起码应付我目前的问题还是可以的。”

“好，那先让李老师每周过来给你上一次课吧。”

妈妈按着计算器，一个月上四次一对一数学课，一次 2000 元，一个月数学一对一就要 8000 元。再加上数学大课，一周一次 300 元，一个月 1200 元。只数学一门课补习一个月就将近 1 万元……算了，妈妈狠狠心，反正就八个月。如果有效果，一切都值得。

“对了，历史和化学要不要也上起来？苏阳妈妈推荐的，她儿子在那儿上物理。就是地方远点，不过没事，都是周六周日的课，你爸可以开车送你。”

“上吧。”涟漪想了想，以她现在的水平，化学和历史是肯定拿不到 A+ 的。听听课也是好事。涟漪看着安排得满满当当的时间表，苦笑着开启了疯狂学习模式。

初秋的夜晚，静谧如水。一轮明月高高地挂在天空，恬淡地俯视着人间的万家灯火，悄无声息地洒落在居民楼上。

“嘀嘀嘀——”桌上的计时器急促地响了起来，划破了寂静的夜。涟漪在赶忙关掉的同时，看着卷子上空白的最后一题，深深地叹了口气。方老师曾说，一套卷子要在规定时间内做完。其中，填空题和选择题要在 40 分钟内完成。时间分布要合理，否则就会影响整张卷子的速度，导致做不完。

看来，又是一张做不完的数学卷子啊。

涟漪的视线触碰到墙上挂着的高考倒计时，心里猛地揪紧，怦怦地加快节奏——正是在这一个个倒计时数字的翻滚中，时间的洪流轰轰烈烈地冲向前方。只是置身其中的我们并不能切身感受到那种流逝的迅速与激烈，我们眼中的日子悄无声息地滑在静悄悄的时空轨道上。

或许，留给我改变的时间，比我想象的还要少。涟漪的脑子里突兀地蹦出这样一句话。但这并没有打击涟漪的积极性，反而让她抓紧时间重新拾起笔，调整计时器，继续答题。

只要不到最后一刻，永远都有重新开始的机会。

涟漪渴望五点钟的晨曦初阳能加深自己的知识记忆，虔诚地翻开英语笔记，似乎纸张间都泛开金色的阳光。

为了能顺利地进入学习状态，在开始之前，涟漪总是先回想老师上课的内容或者几个场景片段作为催化剂——相关记忆很快被调动，英语老师在讲台上语重心长的话似乎又跳到眼前："在阅读理解方面，大家要好好复习考纲词汇中的一词多义。那些明明认识但是意思不对的单词，都要赶紧查看词条，尽快掌握。比如说这在选词填空和完型填空中就常常会出现。所以，一定要确保知道每个意思和彼此之间的区别，才能保证准确率。从长期英语学习的角度来说，其实单词也不仅限于考纲。那些看着眼熟但是不认识的单词也是我们的目标。这种词汇通常是更高难度英语考试中的高频词，可以用到作文里。这也是最容易、最快提高并完善词汇量的方法，不用拘泥于单词书。"

"而在写作部分，除了刚刚提到的运用高级词汇，简单一点的就是背诵各种语块、搭配和句型。这种方法运用起来实用方便。千万不要只知道一个单词，但是不知道怎么用！假如实在想不出作文该有什么亮点，可以在卷子的阅读中找一些用到作文中。闪光点少的作文是不会得高分的。不过，那种托福雅思中过难的单词就不要用了。万一生僻得连老师都不认识，会认为你拼错了。"

英语老师的面庞逐渐消失，剩下的只有摊开的英语笔记。但此刻，涟漪仿佛与面前的本子产生了某种微妙的联系，猛地被吸引进了知识的世界里。

“妈妈，再给我报几个补习班吧。同学们上了高三后，都开始补很多课了。”

杨铭妈妈动作一顿：“数学和物理，你不是一直在补着吗？剩下的文科不需要补课吧，应该自己背一背就行啊。”

“我数学不是很好，周末要多补几节课，一周两个小时根本不够。语文我也要补课，可以学习一些答题套路和作文素材。还有英语，1月份就要春考了，不补哪来得及？就在我现在的辅导机构报就行，不用再另找了。”

“也行。”虽然有些奇怪，杨妈妈还是满口答应了。孩子要高考了，提的要求，家长怎么敢不答应？只要有百分之一能提高成绩的希望，杨铭妈妈都会全力支持。

“只不过你上过的课要好好消化，多思考。”

“肯定的！”杨铭一看目的达成，立刻进了自己房间，关上门。

“看来，我们家杨铭终于知道要好好学习了！”杨妈妈欣慰地笑了。

只是，杨妈妈的笑并没有维持多久。

“你要去图书馆？”开玩笑，周末一直在家赖床的杨铭怎么会早上七点钟起床，说要去图书馆？

“对啊。”杨铭回答得理所应当，“图书馆八点钟开门，要提前过去占座位。现在图书馆特别火爆。可能是因为环境安静，有学习气氛，一到周末或者寒暑假就人满为患。我们好多同学都去，说学习效率特别高。我也要见贤思齐，提高学习效率啊！”

“你自己去？”杨铭妈妈还是有些狐疑，事出反常必有妖！孩子这么大的转变总是让她心里慌慌的，“是不是约了同学出去玩？”

“没有啊！”杨铭有些不耐烦，“就我自己去，保证不和别人玩！”

“那好吧。”杨铭妈妈嘴上答应，心里却有了盘算。要增加补课次数，还要去图书馆……要是真的为了学习，那当然是好的。只是……杨铭妈妈的眉头皱得更紧了。眼看孩子已经走到了小区门口，杨铭妈妈连忙抓起口罩和墨镜，换上不常穿的衣服，拉起帽子，迅速跟上。

可是事实证明，杨铭妈妈并没有当侦探的天赋。就在她七拐八拐终于到图书馆的时候，已经完全把儿子跟丢了。

杨妈妈只得在阅览室里闲逛，顺便看看一旁的书架上有没有好书可以借回家去。

余光瞥见远处一个女孩，垂着长长的头发，静静地坐在窗边的椅子上。一半沐浴阴凉，一半撒落阳光。旁边的男孩笑容耀眼，神情温柔，似乎在给她讲解题目。女孩似乎没有听懂，扬起疑惑的脸。男孩则再一次耐心地在书上圈圈点点。

年轻真好啊，杨妈妈露出了怀念的笑容。等等！那个男孩……不是儿子杨铭吗！

杨铭妈妈惊得倒吸一口凉气，在书架之间穿梭，离他们越来越近——没错！自己的孩子哪会认错？就是杨铭！

怪不得！怪不得要一大早起床去图书馆，美其名曰学习效率高！

江山易改，本性难移。怎么可能一个晚上就醒悟了呢！

杨铭妈妈越想越气，恨不得现在就冲上去拆散他们。但杨妈妈最终告诫自己不能打草惊蛇，不然可能会增加孩子的叛逆心理，适得其反。她只得先偷偷拍下证据，顺便多拍了几张女孩的照片。

其实，在杨妈妈的回忆里，也有这样一双清澈的眼睛和灿烂的笑容。只是韶华易逝，刹那芳华，樱花烂漫的日子终究碎在地上，血肉模糊。杨妈妈眉头逐渐皱紧。现在杨铭在考场节节败退，她不能让孩子重演自己的悲剧。

心乱如麻的杨妈妈迅速离开阅览室。她只觉得自己不能再多看一眼，儿子和那个女孩把她拉进了痛苦的回忆。

“不……不行……”杨妈妈喃喃自语，失魂落魄。

“杨铭妈妈？”

杨妈妈抬起头，往事的伤痛和儿子的恋情让她的眼神无法聚焦。

“真的是杨铭妈妈！阿姨好！”看着眼前的阿姨似乎没什么反应，只得又补了一句，“我是木清华，您还好吗？”

“木清华……”杨铭妈妈突然想起什么，像遇见了救命稻草，急忙拉住木清华，迅速打开手机相册，“木清华，你认识这个同学吗？是几班的？”

木清华以为出了什么事情，赶紧定睛一看，映入眼帘的却是一张陌生的脸。

“不认识，这不是我们年级的同学。”木清华毫不犹豫地下结论，怕杨铭妈妈不理解，又赶紧解释，“我们初中高中七年同学了，整个年级的同学基本都互相认识。我参加过好多学校活动，也没遇见过这个同学，应该也不是年龄相近的其他年级的。所以我推测不是我们学校的吧……”

“好，谢谢你啊！”杨铭妈妈步履匆匆，赶紧给杨爸爸打了电话，“老杨，出大事了！”

半小时后，从杨妈妈支离破碎的描述中，杨爸爸理清思路——儿子陷入了感情的漩涡，因此在考场节节败退，并且女生大概率不是本校的同学。表现的反常点为，拼命上补习班，一大早去图书馆等等貌似奋发图强的行为。去图书馆是为了见女友，那拼命去上补习班，是不是也是去见女友呢？换句话说，是不是可以说明他和女友是在补习班上认识的？

“你说在高三的节骨眼上，他怎么就……”情绪激动的杨妈妈声音都带着哭腔。

“别担心，你继续跟踪。我感觉这个女生是补习班上的。”

“啊？”杨铭妈妈惊讶至极，“那怎么办？不让他上补习班？也说不过去啊，高三人人都补课的。”

“不是不补课，是不补那个女生报的课！或者换一个机构补，或者一对一。”杨爸爸进一步解释，“你先继续跟踪。如果女生真的是补习班的，就这么行动。然后，禁止杨铭去图书馆，就说路上太费时间！”

事实证明，杨铭爸爸的猜测是对的。杨妈妈在跟踪潜伏的第二天，就成功看到两人出入成双成对。

“采取行动！”杨妈妈在电话里大喝一声。

杨铭狠狠地打了个喷嚏。

10月20日。

“月考成绩下来了。”木清华呼喊一声，数学卷子便发了下来。

涟漪瞥了一眼放在讲台上的成绩单：木清华142分，苏阳130分，孟遥122分，韩逸118分，涟漪116分，乔玥115分，杨铭103分，花池98分……

“这次年级数学平均分102分。”方老师在讲台上报了月考分数情况。

耶！涟漪心里一阵暗喜，看来“闻鸡起舞”效果不错。

“杨铭！这周不要去图书馆了，路上太浪费时间。”杨妈妈周六一早就拦住正背上包往外走的杨铭，“正好我今天早上买了鱼，中午给你做鱼补补大脑！”

“不了，家里没有学习环境，一看到床就想睡觉。”杨铭夸张地打着哈欠。

杨妈妈一看，没能阻止杨铭去图书馆，心中暗暗叫苦。但想想上次杨铭在家里学习时昏昏欲睡的样子，欲言又止。

“对了，我上次给你们说的多报几门补习班的事怎么样了？什么时候开始上啊？”

杨妈妈一听，气就不打一处来，但还是压住心里的火气。

“你在这个辅导机构上了一个暑假的数学和物理，也没见你成绩提高到哪儿去。这次月考，数学才考了103分！都快和花池一个水平了。人家花池是艺考生，你呢！”

杨铭看一场暴风雨即将到来，识趣地不再作声。

“这说明那家辅导机构不行！必须要换一家！要不然上小班也不错，不过一对几可以再商量。你数学和物理还有很大的提升空间，多花些钱也值得。还有英语，我建议找个老师，一对一到家辅导。你们学校的英语教学水平已经够高了，没必要到外面上大课。找个一对一老师在家辅导下你个别没掌握好的内容就行。”

杨铭一听就急了。这不就没有机会见女友了吗？赶紧辩解：“不是补课机构不好！是我没有及时巩固上课的内容！我的原因！”

“什么？我大把大把地花钱给你补课，你不好好听课、巩固？你……”杨铭妈妈的声音一下子提高了八度，瞪大的眼睛里迸发出骇人的火光，脸上的肌肉都颤抖起来，青筋跳动，像一只准备进攻的母狮子。

杨铭一看气氛不对，赶紧改口：“偶尔作业多来不及巩固……不过大课的针对性的确不好……要不就听你的……”

准备爆发的火山岩浆停止涌动，母狮的身体也逐渐放松下来。杨铭长舒一口气。

“至于语文和历史，我再打听打听，看看有没有更好的辅导机构。高三得把时间用在刀刃上。多花的这些钱，我全当破财消灾了！”

随后，妈妈探照灯似的目光深深地穿透了杨铭，直击他的灵魂深处：“还有，收起你那些乱七八糟的想法！高考来了！”

第三章

艺考

那时，他们的眼睛亮晶晶的，似乎一切都会向五彩斑斓的未来平稳地进行下去。

10 月 13 日 距高考还有 237 天。

“涟漪，你要不要参加艺考呀？你可以考编导专业。”妈妈在涟漪埋头整理错题时，突然闯进房间，一本正经地问涟漪。

“我？艺考？”涟漪心头一紧。艺考不是只有成绩很差的同学才去参加的吗？我成绩这么糟糕吗？不至于吧？

好像也不是。涟漪突然想起花池在收到摸底考成绩时说的那番话——她曾经也是成绩优秀的同学，只是艺考耗费了她暑假太多时间。经过一个月的努力后，花池的成绩明显上升，已从刚开学时的垫底达到班级中游水平。

“可是我之前根本没准备过，能行吗？我们班有一个明确要艺考的同学，从很小就开始学画画。高三的整个暑假也都在画画，然后还要参加一个月集训。”

“你要是艺考的话，肯定也要参加一个月集训，所有同学都是。不然只有你不准备，直接去考，肯定不行的。”

“可是我之前也没学过编导方面的东西啊。”涟漪回忆，“我没拍过微电影之类的东西。”

“大部分同学之前也都没有拍过微电影啊。你们这个年纪正是上学的时候，只有个别同学有这方面的经验。反正你是文学特长生，和编导的大类是差不多的。前几届好几个你这种情况的同学都去参加艺考了。”

“嗯……”涟漪犹豫地想了想，如果通过艺考，之后的日子基本上都不用学习了，再也不用面对讨厌学科的惨淡成绩了。可以只学习自己喜欢的学科，可以在高考前最苦的日子来临前就结束，像保送生一样……不，比保送还要棒！保送生保送的不一定是自己喜欢的专业，可是艺考的专业是呀！涟漪越想越跃跃欲试，心都快飞出来了，这也太爽了！涟漪顿时来了兴趣，凑上前去：“艺考都考些什么内容啊？”

“我帮你找好了！”妈妈积极地打开电脑界面，并自我陶醉，“这么体贴周到的妈妈！优秀家长代表……”

涟漪一脸无语地看向电脑屏幕：

统考科目为艺术常识、故事创作、影视剧评论写作三门。其中，艺术常识100分，故事创作100分，影视剧评论写作100分，三门总分300分。

“咦？看上去这三门我都挺擅长的！”涟漪更加兴奋了，似乎看到一片新大陆在向自己招手。上帝在给你打开一扇门的同时，又打开一扇窗。真好！

“你继续看，别高兴得太早！”妈妈拍了一下涟漪摇来摇去的脑袋。

看完详细内容后，涟漪有些晕头转向——这都啥跟啥呀？我不是编导类吗？怎么美术和音乐还成艺术常识了？每个部分都有二十几个。况且还有电视剧部分，涟漪从小到大只看电影，除了动画片之外，没有看过任何电视剧！这还答个什么呀？

“艺术常识……死记硬背就可以了……为什么还要简答？为什么还要论述？!”涟漪不甘心地盯着屏幕，“这真的是常识吗？我怎么不觉得！考试院老师，你从大街上拉一个人，问问他们知不知道你们所谓的常识。他们会论述吗？”

“这是人家艺考录取的学生的常识。你不知道，说明你不符合人家的录取标准！”妈妈在一旁补刀，“我早就看过这个，感觉美术、音乐还有电视剧你都不怎么了解，才让你不要高兴得太早。”

“那我集训一个月……就都学得会吗？”涟漪心虚了起来，“要是艺考没通过，还落下一个月的课怎么办啊？风险太大了吧。”

“完全有这种可能。你去集训不一定就通得过，因为大家都去集训，但是你不去集训肯定没戏。所以，你要好好想想，为了艺考耽误一个月学习是不是值得。”

“不值得。”涟漪毫不犹豫，“我看还是分数是王道，别弄那些虚的。别到时候芝麻没捡到，西瓜也丢了。”

“行，那我们就不艺考了。”

涟漪还沉浸在以往失败的经验中：“想当年，我整天参加活动和竞赛，不仅没什么用，还耽误了学习。这次可不能重蹈覆辙了。”

“怎么会没用呢？付出总会有回报的。”妈妈喃喃自语，思绪也回到了曾经的日子，但突然话锋一转，“你现在也是如此。不参加艺考，就给我滚去学习！”

涟漪落荒而逃。看来上帝只打开了门，并没有打开窗。

“对了，要艺考的同学抓紧报名了！”一下课，班主任于老师就走进教室。于老师三十出头，教政治，清澈的脸上挂满了温和：“注意报名的截止时间，不要错过！”

“啊，好的好的！”罗璨突然从座位上站起来，好像想到了什么问题，慌慌张张地向外走。

见罗璨拿了张表，花池赶紧凑上来八卦：“罗璨，你也报艺考啊？”

“对呀，不过我和你那种专业的不一样。我只是打算试试，反正我成绩也不好……说不定可以多一次机会呢！”罗璨笑笑，露出一口洁白整齐的牙齿。

或许是被罗璨反光的白牙晃到了眼睛，花池又问了句：“你报的播音主持？”

“对！你怎么知道？难道你是我的粉丝？我在校电台主持过节目，你还有印象？”这下罗璨的眼睛也亮了起来，整个人都激动得像要发光一样。

“嗯……是的……”为了不打击罗璨的信心，花池犹豫了一下还是肯定了，“你主持得很好呢！以后说不定能成为央视主持人！”

“央视主持人？不可能了。我这种水平，也就只能做个网红主播！”罗璨摇摇头，好像又想起什么，“对了，我妈还讽刺我说，要是我做网红主播，还不如不要上大学了，现在就能干！正好省一笔学费！”

“咱们第一外国语中学的学生怎么能沦落到做网红主播呢！现在的网红主播根本没门槛，而且好多……噫——罗璨可不能学她们毒害青少年。”

一旁路过的木清华突然勾起嘴角，清清嗓子，用字正腔圆的口气说道：“随着网络直播的发展，直播平台上出现种种‘网红乱象’，有些甚至不断挑战着社会道德与法律底线。请以此为话题，谈谈对网红主播这一社会热点的看法，不少于 800 字。”

“木清华你走！我不听！”花池痛苦地捂住耳朵。

“这不仅可以是一道作文题，还可以是一道面试题呢。该准备的，准备起来吧！”木清华幽幽地留下一句，瞥了一眼罗璨。

“啊？”罗璨愣了一下，立刻小鸡啄米般点头，“好……好！”

“天啊，有木清华大神对我的指点，我这次稳了！”罗璨兴奋不已。

“哎，不过我也只是想想罢了……”没一会儿，罗璨又垂下脑袋，“我没准备，也只是碰碰运气而已。不行就继续裸考呗，反正大部分中国学生都要走这条路……再不行还能出国呢。”罗璨说得风轻云淡，似乎并没有把艺考看得太重。

“不过，参加艺考，唯一的好处就是，可以逃过一次月考和一次期中考。”花池的嘴角越咧越大。

“不考试，你还知道自己在班级里是什么水平吗？”木清华悠悠地飘来一句，“你这是自欺欺人！现实就在那里，你非要‘我不听，我不听’！”

“哼……那你给我留卷子呀！让我不要落下学习，我亲爱的班长！”

“留卷子是没有问题的，谁让我是班长呢？”木清华一脸大义凛然，好像电影里拯救世界的英雄。

“你放心啦，花池。你就安心去考，其他别担心。毕竟给你留了卷子，你也是肯定补不完的！”

花池一口水差点喷出来：“木清华……同窗两个月，你……”

不等花池说完，木清华就已经从刚刚的对话中脱身，沉浸在知识的海洋中了。

秋日午后的金色暖阳与雪白餐桌和银色餐盘交相辉映，倒增添了几分高雅之感。正在低头吃饭的孟遥突然抬起头问：“高考这就开始了……花池和罗璨报了艺考，已经开始集训了！哎，韩逸，你有没有考虑过以后考哪个大学啊？”

“我想学计算机。至于去哪个大学，要看高考分数吧。”韩逸的眼里闪过一丝对未来的担忧，“你呢？”

“我打算考复旦或上海交大，上海纽约大学也打算试试！至于专业……我感觉对我来说都差不多。学农的时候，我感觉我耕地也很有天赋呢！”孟遥嘿嘿地笑了，夹起餐盘中的菜。

“不过……我也不知道能不能考上……”孟遥也有些苦恼起来，

但是随后，笑容再次覆盖住那丝不自信，就像太阳一下子冲破乌云照耀在广袤的田野上，顿时万物生光，“估计差不多吧！”

“你肯定可以的啊！不过你成绩那么好，不参加保送吗？”

“我还没想好……不过，我妈妈倒是对我没有太多干预，我怎么样她都支持我，所以保不保送就在我一念之间。对了，你觉得我该保送吗？”

“以你的实力，不管保不保送都能考进理想的学校呀！不要太纠结，听从自己的内心吧！”韩逸温柔地笑了，“不过，我当然希望你能和我一起高考了！”

孟遥点点头，看着旁边低年级的同学，轻飘飘地冒出来一句话：“时光如白驹过隙……”悠悠的声线随着气氛的晕染，追随着正午的阳光，袅袅上升。

不过，不等伤春悲秋的气氛完全烘托出来，孟遥跳脱的思维就打破了她刚刚营造的意境：“哎，你这两次月考成绩都不错啊。数学和英语都有很大进步！”

“是吗？哈哈……”韩逸听到后笑了，觉得似乎前面充满了光亮。

“你成绩保持得很稳定，照这样下去，我们就能上一个大学了！等我们大学毕业了来高中拍结婚照，一定能名垂青史！”

“好！我们一起加油！”韩逸更加坚定起来，心中满满的都是少年对于梦想的渴望。

那时，他们的眼睛亮晶晶的，似乎一切都会向五彩斑斓的未来平稳地进行下去。

第四章

保送

那么一瞬间，耀眼的阳光，四周依旧葱翠的树木，偶尔在耳畔溜走的微风和穿上正装的自己，让涟漪觉得，未来可期。

10月23日 距高考还有227天。

“校长让我们年级统一举办成人仪式。”年级组长匆忙走进高三办公室，带进一阵肃杀的冷风。

“高三了还有时间办这种仪式？”班主任于老师惊讶地抬起头。

“对，年年都是这样，要和秋游放在一起，这样不用另外耽误时间。”年级组长意味不明地扫了于老师一眼，“说是想通过成人礼，让同学们意识到自己已经步入成年阶段，为自己现在的行为负责。毕竟现在大部分同学的社会角色、心理机制几乎没有转变，成人意识模糊，所以想通过十八岁成人礼活动，唤醒学生的成人意识、责任意识和社会担当。”

“除此之外，校长说还有其他仪式也可以以班级为单位举行。班主任们自己想一下要搞什么活动。”

于老师陷入沉思，半晌，手指在键盘上噼啪地敲下字来：

期中考试以后，学校将举行隆重的十八岁成人仪式。十八岁，意味着您的孩子已经跨入成人的行列。

在这人生的转折点上，我们很希望您能对自己的孩子说些什么。用父母的心语激发孩子学习的动力，激励孩子做好成人成材的准备，让孩子以积极的心态迎接成年的到来。

所以学校建议家长给孩子写一封信，以表达家长对孩子跨入成人行列的祝福，给孩子的未来生活提些建议，也希望通过这种传统又温馨的方式来增进家长与孩子之间的情感交流。

请所有家长在11月6日（周一）中午前将信件寄（快递）或送到学校门卫处。

涟漪妈妈看到家长群里班主任于老师发出的通知，不禁皱了皱眉头："这是要让我们写作文？不会在全班朗读吧？"

"不知道他们这个活动是怎么进行的。不过不管怎么样，我们都写点对涟漪的期望吧！"

涟漪爸爸想了想。

"嗯，你先写，写完我再修改。"涟漪爸爸把重任交给了妈妈。

妈妈坐在电脑桌前想了想，开始噼里啪啦地打字：

亲爱的涟漪：

在你十八岁前夕，爸爸妈妈有些话要送给你。

一、责任和担当

对自己的身体负责任，保持健康的身体是一切的前提。

对自己的未来负责任。高三是短暂的，少壮不努力，老大徒伤悲。

对自己的行动负责任，三思而后行。

二、面对困难

遇到困难——

第一，不要轻易放弃。记住，现在你放弃的所有东西，将来都会变成你前进路上埋的坑。

第二，即使最后付出了很大的努力，却依然没有达到目标，也不要气馁。很多时候我们付出了但没结果，这也是人生的一种常态，坦然对待。

……

妈妈想了想，继续往下写：

六、不辜负自己

十二年的学习生涯，付出了多少个日夜，听了多少节课，写了多少本作业，做了多少张卷子，考了多少场试……真的不容易。

不要因为自己一时的怠倦前功尽弃。不要辜负自己曾经的付出和辛苦。

最后的冲刺阶段，加油！

这个世界很美，有很多开心和好玩的事情可以做，上学只是人生中一个短暂的阶段而已。愿你努力付出收获现在，愿你未来把握人生体味美好，不负此生不负自己。

永远爱你的妈妈爸爸

涟漪妈妈写完后，满意地交给爸爸。

花池家的小别墅里，二楼的灯光闪烁。

“这样，我和你一人写一封，不许互相看！”花池妈妈的表情像极了考试时不让别人抄卷子的优等生。

“可是，我觉得我们写的是一样的内容。”花池爸爸的眼神落在画板和桌上散乱的颜料上，“小池放弃文化课成绩，选择艺考，真的对吗？”

活泼的气氛突然凝固起来，沉重的石头就这么压在了家庭上空。

杨铭家窗台的文竹正在茂盛生长。

“老杨，十八岁成人礼对儿子说点什么？”杨铭妈妈托着腮，似乎有些不知从何说起。千言万语涌到嘴边，终究化成一缕叹息。

“把想说的都写上去，正好平时他听不进去，借这封信把咱们要对他说的写清楚。”相比于杨铭妈妈的焦虑与无所适从，杨铭爸爸对此事倒是积极得很。

虽说有半个月的写信时间，可事实上，不到一周，雪白的信纸就都迫不及待地飞向了学校的门卫室，越积越高，满满地承载着父母的厚望。

此时的同学们还蒙在鼓里，并不知道有个十八岁成人礼在等着他们，一个个都蔫着脑袋听教导主任讲话。

“怎么又开年级大会啊！”杨铭有些乏味地打了个哈欠，“是不是又讲保送的事情啊？那就让我们这种不能保送的都回去吧。我们还要参加高考呢，浪费时间……”

“好了，同学们安静！”教导主任在台上打开话筒，“我们今天讲一讲保送的事情。”

杨铭一脑袋栽在前面同学的椅子靠背上：“又开始了……”

“同学们知道，保送排名是以高中三年的语数外成绩为基础，按一定比例折合绩点算出来的。年级排名大家早就知道了，但是各个大学的保送名额还没有出来。今天要填一份保送意愿征询书，和家长商量后决定。一旦决定要保送，就不论什么大学都要接受，哪怕不是你最想去的大学。”

“我们会给想保送的同学重新排名。在保送名单里排名靠前的同学可以在学校的名额范围内，优先选择自己理想的学校，以此类推。因此，排名靠后的学生，有可能会因为名额不足的问题，无法进入自己理想的学校。”

孟遥一边听着，一边皱着眉，仿佛在思考着什么。

“保送的学生可以同时选择两所学校参加保送考，也可以只选择一所。本地学校最多选择一所——就是说，可以选择一所本地一所外地，也可选择两所外地。其中，清北复交里只能选择一所参加保送考。比如晓薇同学，她可以选择复旦和浙大这个组合，但是不能选择清华和复旦这个组合。对于保送排名靠后的同学，如果清北复交的名额用完了，就只能在剩下的学校里面选择。比如说，可以选择上财和南大这个组合，也可以选择北外和浙大这个组合。”

“保送的学生要好好准备保送考。通过保送考的学生为保送通过，上学期需要上课，下学期就不用来学校了。”

“保送真好……”杨铭羡慕的眼神里快冒出星星了，“都不用上课了，爽啊！”

“你能不能有点人生追求啊?!”木清华一脸嫌弃地看了看旁边一直发牢骚的杨铭，“天天想着不用上课……我能保送都不保送，准备参加高考呢！”

“啊？”杨铭一脸惊讶，“你要是保送的话，肯定也是名单里的前几名啊，肯定可以去你理想的学校。为什么不保送啊？”

“保送只有外语专业，我不太喜欢。”

木清华一脸不情愿：“再说了，高三是我们成长道路上的一个重要过程，高考更是如此。它本该是我们每个人生命中的一部分，是磨炼我们的一个机会，更是我们宝贵的精神财富。可是，如果早早保送走了，或者出国了，这种经历便会永远缺失。这是其他经历无法弥补的，人生都感觉有缺憾。”

“你还真是什么都想体验啊……这种高考经历，别人都巴不得没有！你看，我们年级本来有一百六十个学生，除去保送和出国的，大概只有九十几个了，走了将近一半。”

“路有很多条，每个人的选择不同罢了。”木清华想到什么，突然笑了，“可是对于我，我选择迎接更大的挑战。准备的过程越艰难，收获的时刻越喜悦。”

杨铭依旧不太理解木清华的逻辑，更摸不透木清华在面对她所谓的更大的挑战时，为什么会露出那么期待的笑。看到杨铭一脸疑惑又诧异的表情，木清华放弃解释下去，只是宽慰杨铭：“你呀，就安心学习吧。别人保送是别人的事，你可是要参加高考的呀！”

“你要有一种信念，就好比在爬一座危险的山。哪怕可能再也回不来了，你也要笃定地走上前去，而不是整天羡慕那些可以乘索道的人，忽视脚下，一脚踏空。”

“哇……听君一席话，胜读十年书啊！”杨铭虽然依旧不懂木清华那种激动的来源，但是恍惚感觉到，木清华身上燃烧的火苗烧到了自己身上。好像一瞬间就茅塞顿开，先前的萎靡一扫而空。

“木清华，你玩过蹦极吗？”杨铭突然想到什么。

“玩过啊。”木清华一脸疑惑，不知道杨铭为什么突然转换话题。

“没事，我就随便问问。”杨铭随意地挥挥手。果然，木清华是那种喜欢各种各样经历的人。不管是美好的，还是刺激的、紧张的，甚至在别人看来是痛苦的，她都会去尝试。

孟遥看着是否参加保送的申请表时，愣愣地盯了很久。毕竟她不是木清华，她深知自己绝对没有木清华大笔一挥勾上不保送那么潇洒的底气，也没有稳居年级前列的成绩，更没有各种竞赛活动的相关经历。而这些，无疑都指向了同一种结局：无论是哪种选择，她的筹码都有些不足，处境都是那么岌岌可危。

现在各个学校的具体名额都还没有出来，而这一届的大部分同学都没有放弃保送的机会。也就是说，孟遥很有可能拿不到复旦的名额。而复旦正是她从小以来一直想去的学校。如果选择保送，就没有反悔的机会了。

可是，如果不保送呢？谁能保证高考一定能考得进呢？孟遥虽然成绩不错，可是并没有木清华那么强的实力。说不定高考考砸了，就连个保底的学校都没有了。

孟遥左右摇摆不定，盯着保送回执单看了很久。只要在括号里打上钩、签名，命运就由此发生改变。

我不想大学学习语言专业！孟遥心里一直有一个声音在回荡。可是，我的实力，到底有没有给我选择的权利呢？

要不就，相信自己一回吧。

孟遥拿起笔，在“不参加保送”栏飞快地画上一个对钩。她觉得自己就像是一个亡命赌徒，手中的筹码正是自己今后的命运。

这回真的再也没有退路了，只能勇敢地向前迈去。

乔玥看着自己两年以来六十几名的成绩，深深地叹了口气。乔玥在高一高二时的成绩并不好，到了高三才有所好转。她如今的排名也完全是靠高三的摸底考和月考成绩才把总排名拉上去了些。

“我这样估计不能保送了。”乔玥满脸失望，“我想做的事情，怎么能做不到呢？我还是对自己太过自信了，以为高三努力一下就能弥补之前的不足。没想到原来偷的懒迟早要还回去。我自己骗自己，可是排名不会陪我演戏。”

“行了行了，你是不是看微信上的什么‘深度好文’看多了，还说得一套一套的……不保送就高考呀，说不定比保送结果还好呢！你想想，你高一高二的成绩给你拖了多少后腿？就算能保送，也拿不到特别好的学校的名额，估计也就只能去个上海外国语大学。你继续努力，一定可以考更好的学校！别垂头丧气的，加油干呀！”乔玥妈妈鼓励着乔玥，想让女儿尽快打起精神。

“可是我还是想保送……”乔玥在“参加保送”一栏划了钩，“试试看吧！”

妈妈也没有说什么，在家长签字栏大笔一挥：“好了，赶紧学习吧，别想乱七八糟的了。”

乔玥妈妈知道女儿保送没有什么希望，但还是不想打击她的信心。她只希望女儿能不受此影响，继续维持以前的状态。

可是乔玥却还咬着笔，皱着眉，一副做不出题目的表情，似乎还沉浸在大概率拿不到保送名额的不甘心中。

“别想了，你可不能因小失大！你知不知道，你们去年有一个学姐，年级前三名，当时没有通过清华的保送考，最后保送去了上海外国语大学。你说她要是没有保送，裸考至少能考个复旦吧？”

乔玥不服气地辩解道：“去年还有一个学姐，年级三十几名，通过了清华保送考。如果她没有保送名额，绝对考不上。”

“你只看到了她通过的那一面，你有没有想过她之前参加过的活动和竞赛，她的综合能力和临场发挥能力？没有人会莫名其妙地那么幸运。你只是看到了光鲜的表面罢了。面试的老师也不是傻子！”

乔玥这次不说话了。她似乎也觉得就算自己保送了，也不一定能通过保送考。或许还不如踏踏实实地学习，参加高考的结果好。

我乔玥就算参加高考，也一定能达到别人无法企及的高度！

她把那张申请书胡乱地丢到书包里，再也没有看它一眼。连同刚刚升起的那份小心翼翼的期许，一起扔到记忆之外的过往云烟里。就好像她的生命真的翻开了新的一篇，把曾经不够努力的高一高二留在了从前。

妈妈轻轻地呼出一口气，似乎在刚刚的谈话中耗费了所有的力气。

“勾上，肯定要保送啊！”苏阳妈妈拿起保送申请回执，瞥来凌厉的一眼。

苏阳在心里叹了一口气。果然，和自己想的一模一样。

“我不想大学学语言。如果一定要选择保送的话，我只要北大的名额，剩下的一个名额放弃。心仪的学校和喜欢的专业，至少要满足一个条件吧。”

“放弃一个名额？我说苏阳，你是不是脑子又不清楚了？人家有多少想保送的同学啊！你还放弃一个名额？你要是通不过保送考怎么办？连个退路都没有！被保送考牵扯精力，还高考什么呀？”妈妈一听就急了，赶紧走上前两步，“苏阳，你可是妈妈的太阳，不能有半点闪失！”

“风险确实挺大的，不如不保送了。”

“你知不知道你在说什么？”苏阳妈妈猛地拍起桌子，“保送多稳妥啊，又能有半年的假期，可以干多少事情啊！而且学语言怎么了？将来可以去外企，或者出国学习，多有优势！如果将来打算移民也方便啊！再说，我现在干的工作难道是我喜欢的吗？干一行爱一行呀！”

苏阳争不过妈妈，随手在“参加保送”一栏里画了个钩，丢到一边去了。

妈妈以为苏阳屈服了，心满意足地签上名，却没想到更大的风波还在后面。

“哎，晓薇？”涟漪停下脚步，“你怎么来我们班了？”自从上了高中，晓薇和涟漪就不在一个班了，甚至都不在一个楼层，相见机会甚少。

“哦，我来找个同学，年级组长让她下去，估计是保送的事情吧。”晓薇神色匆匆，向教室里喊了一嗓子：“陶然在吗？去办公室找年级组长！”

“在！好的！”一个慌里慌张的身影急忙奔出教室。

“陶然？你们班的同学挺有趣的，北京有个亭子叫陶然亭……”

“管它什么陶然亭，你们保送的事情这几天就要定下来了吗？你去哪里啊？”涟漪直接跳过陶然，直奔主题。

“现在学校还没有定名额，但是名单已经确定了。我打算去复旦。”

“哦，好。”涟漪还准备说点什么，晓薇却匆忙离开：“我找年级组长还有事情，先走了啊！”身影一闪，消失在楼梯拐角。

唉！怎么一个个都行色匆匆、人心惶惶的！

涟漪无奈地走进教室。晓薇现在是个大忙人，毕竟她要保送走了！

涟漪不禁想起，那个陶然似乎也是这样，最近要么算着自己的排名，要么在办公室与教室的路上奔波，无暇顾及其他。听别人八卦说她做了一个暑假的大学英语六级和专四的题目，最近甚至开始向专八下手——因为保送考只考英语，她的专业水平也不容小觑。

班级里正七嘴八舌讨论得热火朝天。

“哎，我跟你们说哦，我路过办公室，陶然正好在办公室外边，说她只有三种选择：要么保送北外，要么浙大，要么上财，而且，只有这——三——种选择！”花池翻了个白眼，“我还一个都没有呢！你说她矫情个什么啊！”

“然后，最可气的是，旁边的木清华还安慰她说，各个学校的名额还没下来，说不定她会有更好的?!”

“唉！饱汉不知饿汉饥啊……”程莞在一边煽风点火。

“程莞，你还饿汉啊？瞧瞧你……啧啧啧……”杨铭用眼神打量了一下程莞的轮廓。

保送毕竟是少部分同学的事，剩下的同学依旧沉浸在上课、刷题、考试中，一切再次归于平静。只是，在无人察觉中悄然而至的十八岁成人礼，终是激起一朵独特的浪花。

十八岁成人礼仪式举行的那个早上，十点，阳光正好。

烈士陵园里并没有肃杀的气息，混合着柔嫩的秋天和三五成群的老人们，反而显得格外有生气，与普通公园无异。舞剑，跳舞，合唱，书法……闲暇活动堪称丰富多彩。涟漪看着他们或认真或因兴奋而生动的脸庞，看着慵懒的阳光流淌在树的枝丫间，听到遥远的歌声从远方悠悠飘来，不禁想赶紧变成老人，加入他们。

"震惊！人人都想回到青春年华，可又有谁知道老年生活竟如此有吸引力！"不等涟漪说出自己的心得，花池就抢先一步，满眼的羡慕与期待在她亮闪闪的眼睛中弥漫。

"反正我要是老了，绝对不会想回到我十八岁的时候！"乔玥翻了个白眼，"这种经历，一次就够了！"

"我也觉得！我就算考得再差也不会复读的！"孟遥也加入，一脸夸张的痛苦表情，"绝对不能再有下次了！"

"这个场景，反映出老人们生活的闲适和……"

"木清华你别说了……"四周一阵哀号。

然后就真的没有人说话了。大家觉得，任何言语都是对木清华这种觉悟的一种侮辱。

"哇！他们的校服怎么这么好看？"同样在烈士陵园秋游的一群小学生，在看到涟漪他们走来后一阵惊呼，打破了刚刚的宁静。十八岁成人礼要求学生穿正装校服，平时普通的运动服此时转身一变，成了高配版。

"你懂什么？他们是贵族学校！"另一个小学生悄悄补充。不过嗓音的稚嫩还是让她的声音显得格外清晰。

"噗哈哈……"孟遥听到小学生语出惊人的猜测后，不禁狂笑不止，“我们是‘艾利斯顿商学院’的学生……”

“我们一年的学费两百万呢！”花池继续吓唬小朋友。

“哇……”小学生一脸羡慕与敬畏，拉着小伙伴后退几步。

“哈哈哈哈……”人群中爆笑不止，似乎高三的乐趣也只有骗骗小朋友了。近几日来学习带来的压力和烦恼在那一刻烟消云散。

看到主持人走上舞台后，说笑声逐渐轻了下来，此时大家已经入场完毕。

“十八岁成人仪式现在开始！”

一声令下，全场彻底鸦雀无声，一百多双眼睛齐刷刷地向前看去。

“梁启超先生曾说，人生于天地之间，各有责任。知责任者，大丈夫之始也。行责任者，大丈夫之终也……”

随着台上主持人的引入语，大家都开始默背这段话，想着可以当成考试作文的素材。教导主任在舞台旁肯定有力地点了点头。

站在队伍的最末端，涟漪向前望去，目光掠过那一排排整齐的、穿着深色正装校服的、脊背笔直的背影，终于触碰到远方红得像燃烧的火一般的舞台。涟漪想到的不是如何把梁启超那段关于责任的话运用到作文里，而是感受到自己的心跳很快。怦怦的声音清晰而有力，就像她那时的生命一样旺盛。

很久很久以后，涟漪不记得那天老师和代表们讲了什么，甚至不记得那天自己到底干了些什么。但是那个瞬间，那个向前望去，目光抵达前方的瞬间，却永远定格——似乎目光抵达的并不是火红的舞台，而是那神秘未知的未来。那么一瞬间，耀眼的阳光，四周依旧葱翠的树木，偶尔在耳畔溜走的微风和穿上正装的自己，让涟漪觉得，未来可期。

对未来的未知所带来的恐惧感，在那一刻荡然无存。至少在那时，涟漪相信，生命会永远这样灿烂下去！

下午，大巴离开烈士陵园，开向上海外国语大学，也就是第一外国语中学的直系大学。这样的秋游，目的是让学生产生对大学的憧憬，更加努力。

“欸，你们有没有发现我们看到的都是女生呀？”还在车上时，杨铭就激动地喊了一句。此时的大巴正在学校里寻找停车点。

大家也开始环顾四周——果真，中午的道路上人不多，大概五六个行人都是女生。

“嘿嘿嘿，上海外国语大学适合我！”杨铭的眼睛转得飞快。

“有男生！你看十字路口那个！”孟遥指向窗外。

“那个男生正在陪他女朋友过马路！”杨铭也探寻地向外看去，在核实消息后更兴奋了，“来到上海外国语大学，终身大事不用愁！苏阳，不如你也别嫌弃人家，两个学校的保送名额都拿了吧！不要到时候沦落成大龄单身汉！”

苏阳一脸嫌弃地看了杨铭一眼：“太没追求了！”

“你懂什么？就算你没有通过北大保送考，那也是塞翁失马，焉知非福！”杨铭一副过来人的语气。

苏阳却没有接话，而是心事重重地想着昨天晚上的争吵。

“苏阳！你保送只报了北大一所学校？”苏阳妈妈破门而入，无法压抑自己心中的怒火。

“嗯。”苏阳正在写作业，并没有抬头。

“不是让你报两所了吗？”

“妈，我之前不是说过吗？我不想去上外，也不想去北外。”

“那万一失手，考不上北大怎么办？”妈妈急得走上前几步。

“保送不了北大就裸考。我早就想好了。”苏阳继续写着题目的答案，似乎并不在意结果。

“你……你知道高考有多大压力吗？前几届好多同学放弃保送选裸考。可这两年，只要能保送，基本不会放弃。你知道为什么吗？因为高考有太多的不确定性，这是前车之鉴啊！”苏阳妈妈压抑不住内心的怒火。

“妈，我的前途我做主，你就别管了。”苏阳原本平和的语气也变得不耐烦起来。

“你！你气死我算了！”苏阳妈妈转身砰的一声关上房门。

留下屋里的苏阳无奈地发出一声叹息。

“下车啦！我们到了！”前面的木清华回头大喊一声，划破苏阳的回忆。

保送的事情，我该怎么处理和妈妈的矛盾呢？我的选择，一定是对的吗？

苏阳自己也不确定起来，只能顺着人流向前走去，就像被命运裹挟着，走向未知的未来。

涟漪看着上海外国语大学造型迥异的各国建筑，感觉自己像在周游世界。

不过也对，“儿子”当然会遗传“爸爸”——涟漪学校气势磅礴的校园，就是遗传了“爸爸”上海外国语大学松江校区的豪华建筑风格。每个语种都有自己的一栋带着那个国家特色的建筑，也就是上课的教学楼。它们或华丽，或冷峻，或圆顶，或尖顶，但无一例外地散发出一种自信的光芒，好像在问涟漪：“‘儿子’，‘爸爸’是不是很帅？”

此时，涟漪只想猛点头，感觉像大型认亲现场。

涟漪向前走去，微风初凉，衣角轻扬，一切似乎都是陌生的模样。

这里和之前在北大举行的夏令营带给涟漪的感觉不太相同。可能是北大游客过多的原因。尽管在夏令营，但熙熙攘攘的人群不间断，让北大更像是一个旅游景点。

而这里更像是一个大学，是安静的无人打扰的世外桃源，是知识之源。或许是地理位置偏僻的缘故，并没有太多的游客，显得更加空旷，让涟漪逐渐放空自己的思想。

追求知识，并不以高中结束为终点。大学，依旧是寻求知识的地方。涟漪在这时突然无比清晰地意识到这一点。她突然觉得，曾经在山峦间被遮住视线的自己，好像随着飞机的起飞冲上蓝天，透过薄薄的云层俯视这个世界。

那种感觉，突然就变得不一样了。

所以，我不需要有太大压力啊！十年后的我回想起现在，不论结果如何，都记不清了吧。

晚自修课上，于老师抱着一沓信走进教室。

“哇——”杨铭看到不是考卷，眼睛立刻亮了。乔玥也睁大了眼睛，“这是什么呀？”

“这是十八岁成人礼的一个活动，让父母准备一封给大家的信，说一些对大家的期许。”

“不会又絮絮叨絮絮叨吧？”杨铭思忖着，不知爸爸妈妈给自己写了什么。

不等大家细想，信就发到了大家手里。起初教室很安静，只有撕开信封和翻动纸张的声音。但随着大家的阅读，平静的教室瞬间炸开，现场一片悲喜交加。

“大家也给自己的爸爸妈妈写一句话吧！不用署名。”于老师给大家提出建议。

趁着同学们写回话的时间，班主任于老师赶紧在家长群里发照片，实时播报，分享着孩子们的喜悦。

“哎，你看！班主任在家长群发出孩子们的回信了！每个人一句话，一起写在一张纸上，没有署名。考验是不是亲爸妈的时候到了。”涟漪妈妈激动地给涟漪爸爸看手机上的照片。

“这是我们人生中的第一个十八年。在这个人生的十字路口，庆幸有你们的陪伴。请相信我们能活出自己的色彩（不过我的色彩在非洲，微笑)。爱你们。”

“老爸，你这次为啥偷我的信纸???十四岁生日时好像是你们自己买的信纸???”

“爹啊，你字好潦草，我看得好辛苦……好吧，其实是想说你的字变丑了。还有，老妈为啥偷懒没写？差评！算了，我超大度的(超乖)。”

“谢谢你们，看哭了(捂脸)！我爱你们(就算老爸头秃了也会爱的)。”

“感动哭了。嘻嘻，你真漂亮！上个月没给我打钱哦。”

“你们一定要从这次的集体照中认出我好吗？答应我好吗？心都碎了……”

家长群里的消息顿时爆炸了，大家都兴奋地在屏幕上飞速回复：

“第一张纸上的第一段是我家宝贝写的。爱我们，绝对亲生。”杨铭妈妈在群里幸福地发出一条信息。

“是我偷的信纸，孩子爸爸的‘第一次作业’。”孟遥妈妈开心地发来信息。

“认出来了，不是从字体，而是从文字。”花池妈妈也发来信息。

“看到我们家孩子的了！”原本只交流学习情况的家长群顿时热闹非凡。

“希望在高三，父母和孩子们多多沟通，不仅限于信纸，一起努力！”于老师在群里发出总结。

成人礼的第二天，陶然就喜气洋洋地跑进教室，向全班同学宣布：“我拿到复旦的保送名额啦！没想到在没几个人放弃保送的情况下，我还能拿到名额呢！”

“哇！恭喜你啊！我们班的第一个高才生！”木清华赶紧祝贺。

“谢谢！”陶然笑成一朵向日葵，闪着灿烂的阳光。

“她将来去复旦了，那我呢？去‘蓝翔’开挖掘机吗？”杨铭喃喃自语。

“我真该恭喜她不用在浙大、北外和上财里面选一个了。人家哪个都不想去。”花池也小声嘀咕，“我知道她很开心，可是我们还要高考呢！她这不是扰乱军心吗？他们都保送走了，就我们没有大学读……”

其实，这句话虽然其他同学没有说，但是大家也都担心起来。毕竟面对充满未知的高考，大部分有保送资格的同学都选择了保险的索道通往未来，只有少数像木清华、孟遥这样的同学放弃保送。而这种保送结果，更能真实地反映出同学们的心理状况——对自己的未来没有信心，只求心安。

不仅仅是保送的同学，其他的同学也是如此。但凡有一丝可以脱离最终的高考命运的，一定会抓住机会，不论代价——从毫无准备的罗璨突然参加艺考便可看出端倪。

保送的风波中，剩下的同学人心惶惶，军心动摇，在它掀起的浪花中摇摇欲坠。

第五章

提前批

那时候的涟漪，是多么笃定啊。这让多年以后的涟漪，还想抱住她那时纤瘦的后背，保护住她那时的最后一份执拗与不甘。

12月1日 距高考还有188天。

涟漪看着眼前的东西，长长的“触角”大有一番不伸到天花板不罢休的气势，夸张得让她想笑。

“这……行吗？”涟漪有些怀疑。

回想起前几天上课的时候，花池也是同样疑惑地嘟哝着。

“啊？”花池首先疑惑地发出声音，“什么收音机？我不在的日子是不是错过了什么？”

可是，花池瞪大眼睛环顾四周，发现剩下的同学也一脸疑惑。

“用收音机做听力吗？”木清华一脸淡定地抬起头，波澜不惊。

“是的，高考英语听力要用收音机。我还以为大家都听说了。”英语老师拍着脑袋，“不过没关系，现在买还来得及。我们12月全市统一英语听力试运行。推荐德生，不过有好几个型号。大家可以根据自己的喜好买，没有硬性规定。”

而眼下，涟漪盯着爸爸买回来的德生收音机PL660，还是不放心：“爸爸……这个收音机的天线足足有一米多！也太长了吧！而且个头那么大，会不会碰到前面同学啊？”

“天线角度是可以调整的，不会让你碰到别的同学的。”爸爸早已研究一番，摊开的说明书让爸爸胸有成竹。

“那……听力考试时，每人前面竖一个长长的天线也太好笑了吧。”涟漪想想那场景就忍不住想笑。

“什么场景不是你该考虑的事情，现在抓紧时间学习怎么用收音机！”爸爸拿过收音机，教涟漪调频。

涟漪看着爸爸的动作，调整着天线的位置和频道按钮。她感觉自己像个退休的老大爷，戴着老花镜，靠在躺椅上享受着晚年生活。

要是真的能过上老年生活该多好，涟漪的思绪飘飘悠悠地飞到十八岁成人礼时烈士陵园的场景。舞剑，合唱，用水在广场上写毛笔字……啊，生活真美妙！

“嘿嘿……”涟漪忍不住傻笑起来。

“涟漪！怎么又走神了！”爸爸眉毛一拧，大吼一声，“你好好找找成绩上不去的原因，看看是不是注意力不集中，效率低下！”

“啊呀，我已经学会了。声音按旁边的，调频转上面的旋转按钮。上面屏幕会显示所在的电台！”涟漪赶紧现学现卖，让爸爸息怒。

“这个是这么调，别的收音机可就不是这样了！”爸爸依然保持着威严的表情，“只知道学习皮毛的东西，思想肤浅！”

涟漪一边暗自嘀咕“爸爸生气了，什么毛病都挑得出”，一边问：“不过，是不是要准备两个收音机呀？要预防收音机在考试的时候出毛病？”

“那当然了。”爸爸点点头，“终于对考试上点心了。我们可以再买一个，或者借学姐一个以备万一。”

方老师在讲台上一动不动地站着，严肃地望着教室里的同学。讲台上放着一摞批过的考卷。气氛紧张得似乎来一丝火星，就能将整个教室引燃。

半晌，在大家的心都提到嗓子眼的时刻，方老师终于发话了：“你们感觉这次考得怎么样？”

紧张的气氛并没有因此得到缓解，大家反而更加惴惴不安了。

“开学三个多月了，就算是以前的基础不好，也该补上来了吧。怎么还有同学只考了那么点分？”方老师的眼神意有所指地停顿在一些同学身上，凌厉威严。

杨铭感觉到令他头皮发麻的目光落在了他身上，立马把身体埋下去一些。

“自己好好想一下，为什么有的同学进步很大，有的同学却总是原地踏步，甚至是退步呢？上课时有没有好好听课？每一道题都搞懂了吗？课下又付出了多少？”

“这次月考，涟漪，韩逸，乔玥，进步很大。”方老师很少在课堂上表扬同学，“继续保持。”

“不过——”话锋一转，大家刚刚放松的神经再一次绷紧，直挺挺的脊背齐刷刷地出现在教室中，“有几名同学退步了，回去好好找找原因，我就不说是谁了。但是，要是下次考试再退步，我就要点名批评了。”

杨铭低着头，盯着自己的成绩：“92分，来一下!!”他拿书的一角遮挡住分数，不想让任何人看到。如果满分是100分的话，这该是个不错的成绩吧。

一想到要拎着这样分数的卷子去办公室找方老师，杨铭的心就跳得比见女友时还快。

方老师的面批，不但会分析题目的错误原因，而且会从学生的整体学习状态以及个人心理活动剖析学生考试不理想的原因，必要时还会结合学生的成绩曲线及以往知识板块的错误率。绝对会把学生分析个底朝天，堪称入木三分！

一想到这儿，杨铭就感觉汗毛倒立，脑子里也乱七八糟的，不知道又想到了哪里。

经历过忐忑的数学课后，杨铭终于等到了下课。本想找方老师面批，却看到不远处的程莞一反常态地坐在座位上。

“你在写什么啊？”杨铭立即被反常现象吸引，看着正在奋笔疾书的程莞有些惊讶。程莞可是不管作业有多少，下课都会跑出去玩的人，现在竟然在紧张地写字！

“别吵，我正在写申请书呢！”程莞大手一挥，有些烦躁，“思路都被你打断了。”

杨铭赶紧闭上嘴，伸长脖子，但还是忘记程莞的告诫，惊出了声：“上海纽约大学申请书？怎么这么早就申请啊？还用英语写……你要是再写出语法错误，就好玩了……哈哈哈哈！”

程莞的思路被彻底打断，只好停下笔：“上纽大是提前批，寒假左右就会有两天的封闭测试，之后就会出结果。A档的同学考到自招线就可以被录取了。不过，它本来就是和纽约大学接轨的学校呀，当然要用英语写了，而且将来也会用英文上课。”

“你看，这是申请书要求的两篇短文。上纽大招生简章在暑假时就公布了，不过我一直没写。但是申请12月31日就截止了，要抓紧时间了。”

“哇……听上去很厉害。拿到A档的同学，是不是下半学期就可以玩啦？多爽啊，我也想去！”

“是啊。但是你要考到自招线，不然可就什么都没有了。”

“啊，这简单！肯定没有问题！我也要报名！”杨铭立刻兴奋起来，满脸的跃跃欲试，早就把数学成绩和找方老师的事情忘到脑后。

“报名什么？”涟漪听到要报名，立马踊跃起来。

“上纽大。因为是提前批，现在可以写申请了。”杨铭言简意赅，“用英语写。程莞已经开工了，我也打算报名。”

程莞掏出手机，发过来一个链接。涟漪打开链接：“上海纽约大学2018年秋季本科入学申请英语短文题目。”

涟漪接着往下看：

> 通用申请是上海纽约大学招生选拔过程中的重要考察因素，请各位同学务必独立、认真填写。以下为今年申请NYU Shanghai的两篇英语短文题目，均为必填，供大家参考……

很长的作文题目，涟漪看完了，皱了皱眉头：“算了吧，作业就够多了，还要写两篇英文申请。”

“乔玥，你报上纽大吗？”孟遥听见了涟漪的嘀咕，也抬起头，拍拍同桌。

“不报，太麻烦了。”乔玥头也不抬，继续和面前的数学题进行“你死我活的厮杀”。

“怕麻烦？”孟遥有些惊讶乔玥的理由，“怎么说也是一次机会呀。而且以后申请纽约大学硕士容易很多呢。”

“我看过上纽大的招生简章，要先登陆美国大学本科入学在线申请系统，填写‘通用申请’。去教导处开高一到高三的期中期末成绩证明，还要填写什么特长优势之类的。感觉太麻烦了。与其报这些不知道有没有结果的学校，经历一系列烦琐的程序，还不如多做几道题来得实在。”

乔玥终于抬起头：“而且，如果打算学商科，完全可以去上海财大。百年名校，而且就业好。倒是你呀，孟遥，放着保送不去，竟然琢磨着去上纽大……”

“我是觉得，如果被上纽大A档提前录取了，下学期就能放松身心了，就像保送了一样。而且还不用学语言专业。”

乔玥想想，孟遥当初没选保送，就是因为不想把语言当成专业，尽管她的英语成绩很好。照孟遥的话说，兴趣和专业还是分开的好，有点距离感才有朦胧美。不然等逐渐深入学习之后，枯燥的理论肯定会让她再也不喜欢语言了。

“那你申请好了？”乔玥问。

“写好材料了，正准备去开成绩单盖章呢！”孟遥一脸的胸有成竹，“希望我能被A档录取啊！”

夜晚的风有些冷，进入十二月后的冬天带着一群寒风小弟面色不善地赶来。涟漪妈妈坐在家里打了个喷嚏。

“不行呀，这么冷，冻着涟漪了怎么办。”涟漪妈妈看着涟漪房间敞开的窗户，一脸担忧。涟漪为了学习不犯困，特地打开窗户，让十二月的寒风飘进房间，穿着学校的棉校服裹成一团。

“但是开空调的话，空气太干了。冷冷热热的容易感冒……”涟漪妈妈嘀咕着，愁眉不展。

“不如安上暖气？”涟漪妈妈眼神一亮，但随即又黯淡下去，“不行……装修的声音会吵到涟漪。”

正在妈妈一筹莫展的时候，涟漪走出门来。

“三件事情。第一，我这次数学 121 分，平均分 105 分。怎么样，不错吧？”

“是吗？太好了！继续加油，妈妈相信你会赶上来的。”妈妈立刻笑了。

“第二，同学们现在都在集中精力学数学语文英语，要冲击春考。要不，我们也暂时把历史和化学辅导停掉吧。”涟漪说道。

“噢！”妈妈恍然大悟，“有道理！等春考过后再集中精力攻小三门。”

“第三，我要不要报上纽大呀？想和你商量一下。我们班好多同学都报名了！反正就去试试，说不定行呢。这样我就有着落了，不用整天过提心吊胆的高三了。”

涟漪妈妈有些奇怪，这孩子什么时候说话变成一二三的了，奇奇怪怪的。但来不及细想，便开始抓紧时间回答问题：“你本来就不该提心吊胆，给我好好读书去！”妈妈眼睛一横：“我早就研究过了，存在三个问题。第一，也是最主要的问题：上课形式。上纽大是合作办学的学校，课程和国际接轨，上课是采用小组讨论的形式。一个圆桌，大家围在一起说自己的问题和看法，然后一起研究出结果。老师一般就给个书单，让学生自学。这种学习形式适合那种外向健谈的同学，在讨论中碰撞出更多的思想火花，有更多的互动。我感觉你不是这种类型的学生。如果在别人讨论的时候，你只是听着，美其名曰‘安静地思考’，我个人感觉你学不到什么知识，因为大家都是在讨论中得出结论的。”

“我可以参与互动啊，我又不是什么都说不出。”涟漪立即不满地反驳，“再说，我参加过特训营，练习过无领导小组讨论。我觉得还可以啊。”

“我感觉你适合传统的教学方式。如果你非要改变自己，去迎合新的授课方式，对你来说，绝对不是什么愉快的体验。”

“第二，要写英文申请。你要花时间搞清流程，因为是美国纽约大学统一审核。你要先研究招生简章，学习怎么操作；然后要花时间写一篇具有自己特色且真诚的英文申请，还有一篇类似英语作文的东西。这个最少要一周多的时间。我感觉会耗费很多精力。”

“嗯，这个好像要耗费点力气。我看过招生要求。”涟漪想了想，脸色苦了下来。

“第三，上纽大四年的本科学费是六十万，加上住宿费、书本费、生活费、游学费啥的四年差不多要一百二十万。如果再出国读研的话要两百万。虽然我们付得起学费，但是我感觉这笔投资不值得。等你毕业了之后，要工作多少年才能挣回我们的本金两百万？”

“怎么投资都出来了？我也是你们的投资吗？”涟漪嘀咕着，满脸的不高兴，“不就是不想在我身上花钱了吗……还说得那么高深……‘老奸巨猾’……”

涟漪妈妈没有理会涟漪的小声嘀咕，继续说自己的：“况且，你在国内完全可以读一个水平相当的大学，四年学费只要两万。这两百万可以创造出更多的财富，比如投资、买房、钱本身的时间价值等——换句话说，我感觉，仅仅为了读书就花这么多钱不值得。第一，你到底能学到多少；第二，你毕业后所创造的价值。这些都是难以估计的，都是未知数，属于高风险范畴。我认为，大概率上，这不是一次成功的投资。”

“我当然能创造出很多价值，我肯定可以成为超级厉害的人！英文申请我也写得出，我可是外国语学校的学生！”涟漪越想越生气，不服气地反问，“你觉得我不值得投资？你把我当理财产品？”

“那你去申请吧，估计学校老师也不一定支持你。”涟漪妈妈幽幽地来了一句。

“为什么？”

“因为我咨询过你们教导处老师的意见。人家老师也说，我们学校还是不要内部竞争了。去年报了很多，最后只有三四个同学通过校园日拿到了 A 档，都是年级前几名的。”妈妈看了一眼涟漪，“你这种的还是算了吧。”

“我这种的？”涟漪喃喃自语，“我这种的……”突然觉得浑身发冷，由内而外的寒气一层层包裹住她，“我这种，因为暑假参加活动和竞赛，在开学摸底考得不好的；还是通过自己的努力，在月考和期中考试中不断进步的？到底是哪一种，让你们觉得我连申请的资格都没有？至少，我成绩的整体趋势是不断变好的呀。除去保送和出国的，一共九十几个同学……我期中考试进步了二十几名吧……”

“老师只是不建议，但你执意要申请的话也没有问题……老师也是好意，让你们量力而行，不愿意让你们在这上面浪费太多时间。”

涟漪感觉妈妈的声音从遥远的地方传来，像是在水里一般模糊不清。她稀里糊涂地回到房间里，有些困惑。原来，根本没有人注意到我成绩的进步，也根本没有人注意到我暑假参加的竞赛的价值，更没有人知道我付出了什么。

涟漪低着头，眼神有些失落。不过，我在教导处老师的眼里，的确只是芸芸学生中的一个。她既不认识我，我也没有年级前几名的优异成绩让她印象深刻，仅此而已。似乎也并没有什么不对。

“停！”涟漪大喊一声，“停止矫情，作业还没做完！”

涟漪拼命地砸着脑袋，想把刚刚的情绪赶走。她猛地从书架的顶格里拿出所有的书，准备大干一场，动作却突然一滞。书架最里面已经被磨得泛白的夏令营笔记，金属的校徽在灯光下熠熠生辉。涟漪自己都没有发现，她嘴角的弧度越来越大，笑意一直蔓延到眉梢。她长长地呼出一口气，似乎刚刚的迷惑与失落一扫而空。

没有什么值得迟疑的，总有人会知道，我的努力是有价值的。

十二月的涟漪，从来不会对未来迷茫，因为那时的涟漪，有梦想啊。

直到两个多月后的涟漪回想起来，才知道这是多么伤感的一句话——因为，有梦想啊。

“哎，大家知道吗？第二届中小学生电影节的闭幕式在我们学校举行呢！”下课后，艾歌激动地喊出一句。

“除了高三，其他年级的学生都可以自愿参加，当志愿者。听说这次来了很多明星：董卿、成龙，还有关晓彤和王俊凯！可惜啊，我们是高三狗！没有机会凑热闹！”艾歌垂头丧气。

“有吴磊吗？!”花池突然抬起头，眼睛发亮。

艾歌看了看名单：“没有。”

“还好还好，否则我要遗憾终生了。我可是吴磊货真价实的‘妈妈粉’！”花池松下一口气。

“你比他还小几个月吧，还‘妈妈粉’？”林雪也不禁抬起头。

“‘妈妈粉’是一种心态！和年龄无关！”花池还沉浸在自己单方面认“儿子”的兴奋中。

木清华淡然地拿出手机，搜索官方新闻：“看，这里有电影节的报道。‘上海市组织30万中小学生通过“走进影院”和“送影进校园”的方式观看优秀影片。利用优秀影片这一德育载体，有效实现了社会主义核心价值观的融入和引导，唤醒当代中小学生对信念的追求，在新时代承担着育人的使命。’”

“八卦聊得挺好的，怎么突然这么官方……”花池悄悄嘀咕一句。

“要学会透过现象去挖掘背后的意义。再说了，高校面试又不会问最新的娱乐八卦是什么，只会给你一个现象让你分析。总不能脑子里除了娱乐八卦没别的吧？”

“木清华就是不一样！”孟遥伸出大拇指，“和我们这些芸芸众生不同。”

“不过，精彩的闭幕式还是看不上了。”程莞哀号一声，一屁股坐到座位上。

“我最喜欢看现场演出了，灯光特效特别好看。说不定去了还能找关晓彤签名呢！”

“就你还找关晓彤签名？我看你这体型，人家早被你吓跑了吧……”杨铭打趣地说道。

“哈哈哈哈……”大家笑成一团。

“不过，闭幕式为什么选择在我们学校办啊？”孟遥有些奇怪。

“因为我们学校又大，植被又丰富。还有露天大楼梯，明星们可以走红毯。”艾歌掰着指头，如数家珍，但是又有些不解，“不过……明星们为什么喜欢走红毯啊？难道平常走的还不多吗？”

“主要是我们学校比较神仙！重点不在有大楼梯吧……”花池回过神来，插了一句，“毕竟质量好而且校园还大的学校不多！”

“对对，我们学校崇尚素质教育，整天搞活动。不是死读书，读死书，读不死就往死里读的那种！”杨铭在一边补充道。

“天呀！这么一想，我们学校是如此优秀……而我却给学校拖了后腿……”花池的脸皱成一团，“老天保佑我艺考成绩不错吧！不然我都对不起学校！”

虽然其他同学并不艺考，但气氛还是紧张起来。

“好了好了，大家别讨论了。当务之急还是赶紧准备高考吧！”

木清华做了总结性发言。

话音刚落，丁零的一声，上课铃响了。大家立刻作鸟兽散。

“九点钟准时听力试运行。大家把收音机拿出来，赶紧调试一下！”英语老师抱了一沓卷子过来，开始数份数。

涟漪拔出收音机长长的天线，调频，调整声音大小。动作从生疏逐渐变得熟练。原本还有些紧张的心也放松下来。

而现在，冗长的试音音乐和播音女声富有催眠效果，让涟漪昏昏欲睡。孟遥的头已经枕在左臂上了，斜着眼睛看着题目。

“孟遥别趴着，赶紧起来。这是春考前唯一的一次模拟！”英语老师敲敲讲台，看着无精打采的同学们，一阵着急。

终于等到了听力结束，对过答案之后，孟遥嘀咕着：“竟然错了两道，看来我真的是在梦里做的……”

涟漪看着卷子上自己打的三个叉，心里不知是什么滋味。和孟遥不一样，她明明好好做了，怎么会这样呢？

涟漪苦思冥想，想起来的却是——老师在讲台上说，听力在课后不用练习，因为在课上会有相关练习。大家一般都全对，最多错一道。

上课时的练习做得怎么样呢？似乎算不上好，但也没有这么糟。

那……是不是注意力不集中呢？

涟漪只觉得一片迷茫。

这几天的气氛似乎有些人心惶惶——清华北大招生办陆陆续续来到第一外国语中学进行宣讲。就好像几位公主要嫁人了，大家都跃跃欲试，可是都知道自己配不上一样。

“同学们谁有兴趣就过去听啊。”教导主任鼓励着大家。

木清华第一个举手：“这么好的机会，我当然要去看看。”

“我也去。”孟遥也举起手，“木清华，到时候叫上我。”

“韩逸，你去不去？”孟遥回头看了韩逸一眼。

“算了吧，我觉得清华太遥远了。”韩逸头也没抬。

“去感受下吧，不要落后啦！哎，对了，这个人文社科冬令营是可以加分的。”孟遥继续诱惑。

“加分？”韩逸正在写字的手顿了一下。

“对，我听学姐说，这个冬令营好像是和自主招生以及领军计划有关的。自主招生是线上加分，领军计划是按比例折算的。好像是30%的领军分数，加上70%的高考分数，最后按综合成绩排名录取。”

“唔……那我也一起去吧！”韩逸虽然没兴趣，但听孟遥一说，觉得听听也不是什么坏事。

“涟漪，你要不要去？”林雪问。

“不要！我还是抓紧时间学习吧！”涟漪皱着眉头，想起前几天英语听力试运行时的惨状，便愁成了苦瓜脸。

在高三，似乎只有成绩可以永远牵动大家的情绪，有且仅有。

“你去吗？”涟漪顺带问了一句。

“算了，以我的水平，就算有加分也考不到。”林雪的眼神黯淡了下去。

于是，由于大部分同学都怀有像涟漪与林雪一样的心理，所以在晚上六点钟清华招生办老师过来时，全年级只去了稀稀拉拉的十几个人。

教导主任赶紧到教室动员大家："多么好的机会呀！你们怎么都不去呢？真是急死我了！苏阳，林雪！怎么不去听听？"

苏阳，林雪，却没有涟漪。

涟漪咬紧嘴唇，想起高三之前的种种和几周之前依旧没有达到理想分数的数学成绩。

涟漪自己都不禁感叹，高三让人矫情啊！在高压下的同学们，一句话，一个眼神，一道小得不能再小的练习题，都能成为压垮骆驼的最后一根稻草，成为引起情绪宣泄的导火索。

"因为清华大学对录取的我校学生非常满意，英语好，基础素质高，所以，如果有人报领军计划，参加这次清华招办老师面谈，并且通过，就可以直接免掉清华初试，只需要参加复试的笔试就行。"教导主任没有放弃，继续动员大家，"大家去听听吧！"

尽管如此，教室里依旧安静至极。不知是怕被同学嘲笑还是觉得清华太遥远，教导主任的鼓励似乎并没有起作用，同学们继续低头刷题。林雪和苏阳也都没有因此动身。

教导主任叹了口气，在黑板上写下几行字。

"本周宣讲：明天中午是香港大学，周三晚上是昆山杜克大学，周四中午是浙江大学，周五中午是北京大学。想听的同学可以过去听。"

十二月的高三充满紧张与不安，陆陆续续来学校宣讲的招生办让人每次都精神紧绷，感觉高考已经近在咫尺。机遇与压力共存，让人不知道迎接自己的是柳暗花明，还是又一次的山重水复。

涟漪看着课本，原本坚定的心被搅得有些混乱。只觉得对眼前的东西万分厌倦，啪的一声合上书，心烦地呼出一口气。

回想一下，在开学后的几个月中，涟漪极少有踟蹰不前的时刻，都是只知道埋下头去，看好眼前的路。涟漪深知这样是对的，应当毫无畏惧地走下去。但当考试越来越逼近时，她却有些慌乱起来。

就在涟漪有些气馁之际，方老师健步如飞地走进教室，看到缺了几个人，轻轻皱了皱眉："都要上课了，怎么有人不在位置上？"

"有同学中午去听宣讲了，估计现在快回来了。"涟漪抬起头。

"宣讲？别整天听那些不切实际的东西。选一两个和自己能力差不多的学校听听，不能盲目地每个学校都去。中午一个多小时的时间，还不如多做几道数学题，提高一下成绩来得实际。"

凛冬的寒风顺着开着的窗户吹进来，一扫空调的温暖，直接吹醒涟漪。涟漪赶紧点点头，原本纷乱的心似乎逐渐镇静下来——的确，与其考虑这些学校，还不如脚踏实地。想到这里，涟漪的心中又燃烧起一丝火苗，引领着她向前迈去。

现在的涟漪什么也不想了。梦想就在前方，似乎一切又都释然了——管他什么宣讲，我自会有我的光芒！

那时候的涟漪，是多么笃定啊。让多年以后的涟漪，还想抱住她那时纤瘦的后背，保护住她那时的最后一份执拗与不甘。

"这节课先讲一下卷子，然后是一张周周测。"方老师对时间管理严格，不会因为同学没有来齐就等着。

“你一模大三门多少分？”下课后，林雪转身问孟遥。

“345。”

林雪下意识地看了下自己的分数：343，比孟遥差两分。

“浦东新区大概有一万多名学生，差不多排名前7%吧……这次粗心，算错了个数。”孟遥对林雪说，并在群里发过来一个“2018年高三一模浦东新区排位数据推测”。

涟漪赶紧算了一下自己的一模成绩：339。看着自己因涂错答题卡而被无辜扣掉的十分英语选择题，涟漪吓得缩了缩脖子。如果加上涂卡涂串行的这十分，就是349分。她对照着一模浦东新区排位，正好在前5%。

千万不能涂错答题卡！涟漪在自己的本子上写了大大的一行字，又加了一个醒目的感叹号。

“认真对待每一套考卷，弄懂每一个题目，总结背后的考点是什么。”

涟漪想起方老师的话，随后心无旁骛地分析起一模试卷，再无杂念。此刻，她感觉自己找到了那片“知识的海洋”。

“看看？要不要报个名？”晚上，涟漪妈妈拿着张招生简章递给涟漪。

涟漪从试卷中抬起头：“北京大学2018年全国优秀中学生人文寒假课堂招生简章。”

“都高三了，还冬令营？不去。”和拒绝清华宣讲时一样的果断。此刻的涟漪埋头于书山之间，对于冬令营、竞赛等一切虚无缥缈、不切实际，而且还浪费时间的事情嗤之以鼻。想当初，就是因为高一高二参加了太多的活动和竞赛，才导致高三开学时的数学成绩只有木清华一半的惨状。现在，涟漪凭借十二分的努力终于赶了上来，她可不想因为参加一个冬令营就前功尽弃了。

“之前清华和北大招生办都来我们学校宣讲过。班里没几个人去，我也没去。去参加这种东西只能营造出一种心灵假象，好像自己有机会去上这种大学一样。其实根本就不是这样。大多数人面对这种机会，都抓不住，反而会浪费自己有限的时间和精力——晓薇当时也没拿清北的保送呀。这是一样的道理！我又不是年级前几名，提高成绩才是王道。别贪图一时的诱惑，偷鸡不成反蚀把米。”

“本来我也没打算报名。但辅导班的刘老师特意打电话，说这个寒假课堂是北大中文系第一年搞的，特别适合你。”

北大中文系……涟漪犹豫了一下。“去了冬令营，有什么优惠条件吗？”

“因为是第一年，辅导班老师也不知道。我去问过招生办，但是人家什么都不肯透露。不过，我觉得应该和夏天的那种差不多。至少你要是个优秀营员才给降分吧。你好好考虑一下。我们建议你参加，去感受下也未尝不是好事。”

“可是，这是北京大学的冬令营啊，不是那么容易通过的吧。”

“据说北大自招要的是成绩年级排名前 1% 的学生。按我们学校的情况，总共才一百多个学生，前 1% 就是第一第二名了。这个太离谱。毕竟我们是上海市重点中学，不是普通高中。况且，学校从来都实事求是，不像有些高中，为了让更多的学生获得自招资格，会修改成绩。”涟漪还是有些犹豫。

“你可以先报名嘛。如果初审通不过，也没什么损失。如果初审过了，你再考虑也不迟啊。”妈妈继续鼓动着涟漪，可是涟漪却好像还在想些什么。

“明天就是最后一天了，要不先报上名吧，大不了最后不去嘛，反正没什么损失。”

“好吧。”涟漪回答，并没有太在意。

“冬令营的申请表我打印好了。成绩也按综合评价系统的分数填好了。你明天拿去学校盖章。”妈妈递给涟漪一张表。

“对了，还有语文老师的推荐信和证明材料也要一起盖章。”妈妈拿一个文件夹把一大堆东西放到一起。

“好。”涟漪答应着。

第二天，涟漪趁课间来到于老师办公室，把要盖章的资料递过去。

于老师接过来。

“争取机会，加油！对了，咱们班木清华也报名冬令营了，祝你们好运！”

第六章

春考

她紧紧地握着手中被风吹歪的伞，在冷风中一步步向前。那一刻，涟漪感觉，自己似乎正在迈向未知的命运——她有点恍惚，不禁设想：如果真的到了高考的那一天，会是什么样子呢？

1 月 4 日 距高考还有 154 天。

涟漪看着发下来的“上海市普通高校春季考试和 1 月份外语科目考试准考证”，就像看见春考带着一丝狡黠的笑容，一脸诡异地向她走来。她无奈地叹了口气，看了看准考证：

> 1 月 6 日（星期六），上午 9:00~11:30 语文，下午 1:30~3:30 数学；
>
> 1 月 7 日（星期日），上午 9:00~11:30 外语。
>
> 考点：浦林中学。

“这次春考，大家一定要重视，当作是高考的模拟——如果同学们思想上不重视，不好好发挥的话，就会浪费一个宝贵的机会……”

台上的教导主任还在训话，下面的程莞小声嘀咕：“怎么高三这么多事情啊……又来一个春考！”

“大家注意，在春考题型中一般都能看到秋考[1]题型的影子，所以大家一定要认真答题！尤其是英语，可以记作高考的最终成绩。大家一定要好好把握机会！”

“唉！”一旁的林雪叹了口气，疲惫地揉揉眼睛，“要是能穿越到高考结束后多好啊！累都累死了！老师们还觉得我们思想上不够重视……”

涟漪看了看林雪憔悴的脸色，感觉和她比起来，自己似乎没有那么累了。

“第一场战役就要开始了，涟漪，加油吧！”涟漪在心里鼓励自己。

春考前一天晚上，妈妈看起来比涟漪还要紧张，一直走来走去，想着有没有什么忘掉的东西。

“天气！对对，看看明天天气怎么样！”

妈妈一拍脑袋，点到天气预报界面：最低气温为0℃。

“不知道教室里有没有空调。”涟漪妈妈看了看准考证上的地址，“浦林中学。”

“唉，也不认识浦林中学的老师。这么冷的天，学校有没有空调啊。”

妈妈有些担心，连忙给班主任于老师发了微信：“于老师，浦林中学考场有空调吗？”

---

① 秋考：6月全国高考，俗称秋考。

“我也不知道呀。”

涟漪妈妈又给杨铭妈妈发信息：“不知明天考场有没有空调？”

“不知道，一般会有。”

涟漪妈妈终究是不放心，又点开朋友彭老师的微信。心想，彭老师是华师大毕业的，在中学教过很多年书，人脉广，或许认识浦林中学的老师。

“彭老师，您知道浦林中学考场有空调吗？”涟漪妈妈发出微信。

“我问问里面的老师。”

“有空调。”过了一会儿，彭老师回复。

“涟漪，我问了彭老师，说浦林中学有空调。这样你明天就不用穿太厚了。穿太多，热得难受，心情浮躁，也影响考试。”

“好的。”涟漪并未多想。

灰蒙蒙的一月，天上下着细细密密的雨夹雪，湿冷到骨子里。涟漪拖着厚重的靴子，深一脚浅一脚地向考场走去。

“涟漪加油！认真答题，就当作是高考！”涟漪爸爸在远处喊着，天空里挥舞着一只手。

“好——”这句话涟漪已经听了无数遍了。可等到进入考场的那一刻，听到这最后一遍，涟漪却没有之前几次的那种不耐烦的感觉。她紧紧地握着手中被风吹歪的伞，在冷风中一步步向前。那一刻，涟漪感觉，自己似乎正在迈向未知的命运——她有点恍惚，不禁设想：如果真的到了高考的那一天，会是什么样子呢？

旁边的同学们说说笑笑地路过。毕竟大部分同学都不打算春考走掉，只是在学校的建议下报名模拟练习，仅此而已。但是，涟漪却莫名感觉很冷。可是，她穿的衣服不少呀。

一步步走向考场所在的走廊，二楼，二十六级台阶。嘈杂的脚步声纷乱不息，可是涟漪却只听得到自己的心跳声，一声声，咚咚地跳在心里。她感觉自己的潜意识在说话，但是表层意识不知道它到底在说些什么。终于，越来越亮的灯光逐渐照亮了涟漪的心，摆脱昏暗的二楼走廊让她感到前所未有的踏实，似乎一切都不再虚无缥缈，而是将命运握在手中。

“上海市普通高校春季考试考场规则：考生入场只能携带允许入场的考试用品，包括黑色字迹的笔……”大喇叭开始播放考场规则。涟漪小心翼翼地摆放整齐自己的笔，突然打了个哈欠。涟漪一个激灵，告诫自己不可轻视，不可疏忽，深吸一口气让自己紧张起来。

有些晃眼的灯光反射在雪白的答题卡上。涟漪微微眯起眼睛，轻轻地贴上条形码。指腹按压在条形码上的一刹那，涟漪突然觉得很坦然，自己和卷子之间似乎产生了一种微妙的联系，卷子也似乎有了归属感。

这是我的卷子。涟漪的大脑中突然跳出一句话。人与卷子之间形成微妙的关系，通过笔的纽带连接到一起。好像卷子本有生命，如今结合为一体。

来不及细细体会这种奇妙的感觉，涟漪立刻拿起笔，逐渐沉浸其中。

大约半小时过去了，涟漪突然感觉有点不对——她的侧前方有个影子一直在动来动去，黑色的影子投射到她的卷子上也抖动跳跃着，已经影响到她答题。

涟漪向侧前方看去：监考老师一边抖动着身体一边压腿做运动，将自己的重心不停地前后移动，运动得很快活。

涟漪坐在第一排靠门的位置，而监考老师紧挨着涟漪桌子的斜上角四处抖动着身体，涟漪甚至都能感觉到自己桌子的轻微晃动。

老师……你在监考吧？涟漪有些无语。再怎么说春考也是半个正规的高考，怎么能这样？

算了……假装自己没有余光，试卷上没有抖动的黑影，专心做题！涟漪叮嘱自己。考试期间要有抗干扰能力，反正这门不是英语，也不计入高考成绩，多一事不如少一事吧！在考场上，监考老师是甲方，而考生是乙方。乙方没有什么发言权。

涟漪继续看那篇阅读，却觉得怎么都看不懂，感觉越来越烦躁。涟漪突然想起一句，人可以在意识的指导下，能动地改造世界。

在涟漪怨念又有警告意味的眼神中，监考老师终于意识到什么，停止抖动，并识趣地远离涟漪。

涟漪埋下头，迅速进入状态。

杨铭渐渐放松下来。前面的题目做得很顺畅，甚至比平常做得还要快了十几分钟，只差作文没有写了。

“喵——喵——”响亮悠扬的猫叫声打破了考场的宁静。

杨铭手中的笔一滞，假装没有听见，继续构思作文。

“喵——”婉转的猫叫声越来越近，感觉猫似乎就在外面的走廊，甚至要走进考场了。可是老师似乎并没有出去赶猫的意思。

杨铭有些烦躁了，可是猫咪却并不打算就此罢休。

“喵——喵喵——”叫声急促起来。

现在的猫都会上楼梯的吗？这里可是二楼啊！为什么这个学校有猫？它找不到下楼梯的路了？没有巡考人员赶猫吗？监考老师为什么置若罔闻？

杨铭的注意力成功被猫拉走。

脑子里乱七八糟的，各种问题涌入脑袋，占据了他本应该思考的位置。他怎么都想不出作文该怎么写，思绪被猫叫扰乱成麻。

涟漪进考场后，涟漪妈妈一直没走。随着开考铃的打响，校门口的家长们纷纷散去。但涟漪妈妈没走，回去心里也不踏实，还不如在这里等。

丁零零……随着一声清脆的长鸣，第一场语文考试结束了。

“怎么样？”涟漪一出来，妈妈就赶上前问。

“不怎么样啊……”

“什么作文题目？难写吗？”妈妈问。

“不是难不难写的问题。是教室里没开空调，还开着门，牙齿冷得直打战……手都冻得快不会写字了。”

“啊——不是说教室里有空调吗？”

“教室里是有空调。”涟漪回答，“可是，空调没有开……”

“孩子们都冻死了……”家长们议论纷纷。

“你们儿子的考场里有空调吗？”涟漪妈妈又给同事发了条微信。

“没有，冻坏了。这学校太差了……”涟漪妈妈同事回复。

“算了，进明中学也没有。下午多穿点衣服吧。”

涟漪妈妈后来才知道，因为不是所有考场都安装了空调，所以为了保证高考的公平性，不管教室是否有空调，所有考场一律不开。于是，大家都在瑟瑟发抖中完成了人生中的第一次高考。

“冻冻更清醒。”有家长在群里调侃。

“各位家长好，明天就是英语一考。特别要提醒一下自家的孩子，务必带好高考2B铅笔和橡皮、收音机、耳机、电池和备用电池、准考证和身份证。必须在8:30前入场，8:45后不得进入考点（8:45开始分发答题纸，8:50开始试听，8:55开始分发试卷，9:00开始正式听力）。”

“放下包袱，轻松上场。沉着冷静，先易后难。仔细仔细再仔细！期待好消息！加油！”英语老师在微信群里鼓励着大家。

第二天早上，在去考场的路上，涟漪有些紧张，捏着自己的袖子，不停地深呼吸。

“你怎么和被捉上岸的鱼一样！”老爸嘲讽，“紧张什么呀？你想想，假如下面一门是高考数学……”

“别说了！”涟漪的内心受到极大的伤害。

不过好像的确没有那么紧张了，但随之而来的是劫后余生的后怕。

“没事的，这次考不好还有下次呢。英语可以考两次。”老爸迈着四方步，就像晚餐后的日常散步。

“知道了，知道了……”

“上海市普通高校春季考试英语听力部分现在开始……”林雪坐直身体，全神贯注。

“嘀——请刷二代证！”教室前方刷身份证的机器用不大不小的声音播报。

谁的身份证不是二代证吗？林雪有些吃惊地抬起头。

“嘀——请刷二代证！”又一个声音响起。监考老师手中拿着一沓学生的身份证在机器上刷。

大家的都不是二代身份证吗？不会吧？而且，刷身份证这种事情，为什么要在英语听力播放的时候干啊？!

林雪有些疑惑，回过神来才发现第一道题已经念了一半了，吓得她一个激灵。

“嘀——请刷二代证！”

可是，机器的声音孜孜不倦又异常清晰地回荡在考场里。

为、什、么、要、在、播、听、力、的、时、候、刷、身、份、证?!

林雪错过了第一道题，心里乱极了。这和语文数学春季考试不同，这可是能计入高考总分的一月份英语高考啊！怎么可以这样？这种老师可以投诉吗？

第二道题目已经开始播放，可是考场里没有人提议让老师停下来。可能大家都觉得，停下来和老师说话会更影响听听力吧。

我是第一外国语中学的学生，平常都做四六级的听力。如果连我都听不出来的话，至少这个考场里的其他同学都听不出来。

在这种想法下，林雪烦躁的心逐渐安静下来，集中注意力答题。

已经是客观题的最后一道了。涟漪长长地呼出一口气，看着卷子上的翻译：博物馆疏于管理，展品积灰，门厅冷清，急需改善（whose）。

看着卷子上的四字词语，涟漪脑子里也冒出一个四字词语：真的好难。

思考一会儿后，涟漪还是写上了自己的答案：

The museum whose management is reckless, whose exhibits are piled with dust and whose lobby is deserted, requires immediate improvement.

按照上海市的教学计划，春考后还没有到放寒假的时间。尽管在这样一场大考后，大家的心思明显都飞走了，却也只得无可奈何地被捉去继续上学。

1 月 13 日，离高考还有 145 天。

一进门，涟漪就看见许多人围着花池。花池有些不开心地趴在桌子上。罗璨也一言不发。

“花池和罗璨怎么了？”涟漪疑惑地凑上前去，轻轻地问在外圈的林雪。

“艺考成绩出来了。花池有一部分考得比预期低好多，有些失望。罗璨好像结果也不好。”

“你们别围着我了，都说了我没事！”花池挥挥手，“我过一会儿就好了。谁没有个马失前蹄的时候啊！”

尽管如此，涟漪还是感觉，花池周围的空气都变得忧伤起来。

“艺考也不是总分的全部。没事，我的文化课分数高，还是可以拉回来一些的……”花池直起身体，好像在说给别人听，又好像在说服自己，“真的，其他艺考的同学虽然艺考成绩高……但是文化课分数不及我。谁的总分更高还是未知数呢……”

可是，如果是比文化课成绩的话，为什么当初要艺考呢？仅仅是因为梦想吗？梦想又能带来什么呢？花池曾经固执地认为，只要有梦想，就有希望，就会带来快乐。可是，面对艺考的失利，她有些怀疑自己是否真正适合这条路——从小时候一直延续到现在的这条路，就是适合我的吗？

美术的评判本来就是主观的。如果将来大众也和艺考的老师一样，不认可我，怎么办呢？

花池不知道。她自己心里也乱乱的。不过既然结果如此，就只能沿着这条路坚定不移地走下去。

就在涟漪期盼了无数遍赶紧放假之际，妈妈兴冲冲地跑过来，脸上都是掩饰不住的笑意：“涟漪啊，你北大冬令营审核通过了！”

“通过了？反正我也不打算去……”尽管希望放假，但缺课也并不是涟漪想要的。

“也是。冬令营的时候，你们还没有放假，所以要耽误三天课。你要是不愿意去的话就算了。”

涟漪这回犹豫了一下：“去了冬令营给降分吗？不给就不去。”

“不知道，我去问过，但是人家什么都不肯透露。不过，我觉得应该和木清华参加的那个北大夏令营差不多，至少你要是个优秀营员才有说法吧。”

妈妈话锋一转：“我觉得吧，你不能这么功利。虽然会浪费你的时间，影响你课内学习，但这也是一种独特的经历啊。”

我能评到优秀营员吗？据说参加的同学里只有不到 10% 能评上，像木清华那么厉害的人都评不到啊……

涟漪心虚极了。和全国同学比起来，上海市的学生并没有绝对优势。

所以……我还是算了吧。还不如好好高考，把握最后一次机会。

涟漪深吸一口气，烦躁地呼出。但转念一想，通过审核说明得到了北大的认可，我凭什么没有底气去参加冬令营呢？

涟漪拼命地拍着脑袋，希望自己能做个决定，不要再犹豫下去，浪费时间。

“老天做决定，正面去，反面不去。”涟漪掏出银亮的硬币，高高一抛。

硬币在空中划出美丽的抛物线，然后——

咚！

“涟漪！我的汤还怎么喝 ?!”妈妈指着汤中的硬币咆哮。

很显然，老天并不想帮涟漪做这种决定。在妈妈汤里洗过澡后，硬币第二次掉到床和墙的夹缝里，第三次砸到自己头上，弹到柜子底下，彻底失踪。

的确，有些决定只能自己做。就像人生的路只能自己走完，靠不得别人。

涟漪最终打算参加冬令营，至少不给自己的未来留下遗憾。

“这不会是个错误的决定吧……”涟漪自嘲地笑笑。没想到，却一语成谶。

在涟漪抬起脚，踏上北京的土地时，如梦一般虚幻又五彩斑斓的日子便开始流淌出音乐般的繁美华章。湖面上一层晶莹透亮的冰，纯净得像涟漪眼中对它最初的渴望。涟漪惊喜地在冰上走了两步，滑溜溜的冰让她差点摔倒。那时的她又怎能想到，这次经历本身就是一块滑溜溜的冰呢?

梦幻又虚幻的事情就此展开神秘的一角。寒夜中偶遇旧相识，就像火柴在夜空中刺啦一声被划着，照亮心中曾燃烧的火苗。看着眼前略显陌生的女孩，涟漪通过大脑的检索，慢慢把她和记忆中的模样重叠，认出了十年前在博客认识的同龄好友，如今她也和涟漪一般为了梦想拼命生长。

还有曾经仰慕的老师们，出现在涟漪面前分析自己的思考和理解，在思想的碰撞与汲取养分中竟产生一种粉丝见到偶像般的快乐与疯狂，似乎要带着涟漪冲向云端跳一场不会结束的舞蹈。那是一种带着学术气息的专业精神，是梦境的整个基调。

冬日呼出的白雾飘荡在眼前，让涟漪看不真切。但涟漪唯一能感受到的是，不论是在冬夜昏黄的灯光下跟随大家走向酒店，还是在清晨迎着冬阳走向前方，她的心里都被满足和欣喜填满。那是一段绝无仅有的纯粹的快乐时光。毕竟，它满足两个条件：得不到和美好。

就好像清晨五点钟的圆明园，散发着世外桃源般的神圣气息。

这真是一场——华美的梦境！

第七章 寒假

夜里，我们想到远在天边的梦。安静时，我们又在现实中重新找回自己。这么美好的故事，应当有个圆满的结局。

1月23日 距高考还有135天。

涟漪一回教室，恍如隔世。看着嘈杂的教室和一群坐在别人位置上的同学，顿时有些不知所措——尤其是她连自己的桌子在哪里都不知道！

"这是……怎么回事？"

"涟漪，你回来啦？"孟遥注意到在门口一脸疑惑的涟漪，赶忙解释，"你走的日子里于老师换过座位了，你现在应该在第四排靠窗的位置。"

"啊？"涟漪有些难以置信，尤其是在看到前面的人是身高超过一米七的林雪时。

看到涟漪惊讶的表情，孟遥淡定地说："没事，你不想坐在这里可以先不换座位。毕竟有好多同学都对这个新的座位表有意见。所以现在有的同学换了，有的同学不愿意就没换。"

"何止是不愿意呀？要我说她如果不懂如何协调班级，就不要整这么多幺蛾子出来！还美其名曰为了高三冲刺阶段，营造一个更适合学习的环境！”花池狠狠地翻了个白眼，“她根本就不考虑客观条件，把她喜欢的同学通通放在前面。我呢？我这身高，这近视度数，她却把我排在最后一排！”花池气得差点背过气去。

“反正我是肯定不动，看她能怎样？本来就是她安排得不合理，根本没有考虑到同学们的真实情况啊！”

乔玥大跨步走进教室：“摔门而去的感觉真好！”

摔门而去？涟漪不禁望向乔玥，突然想起开学初乔玥组织“起义”的场景，也是这么一副领导者先锋的架势。

“你都不知道那个于老师有多么烦人！我清楚明白地跟她反映情况：大部分同学都不愿意按照新的座位表坐，因为她的安排本身就没有考虑客观条件，很不合理。但我感觉她好像听不懂我在讲什么，一意孤行，非要实行自己的换座位方案！我感觉我在对牛弹琴，就摔门而去。”乔玥回想着事情的经过，“孟遥之前和她说的决策果断不是用在这个时候的呀，真是理解力差情商又低！”

涟漪突然想起来，开学的时候，似乎也发生过换座位的小风波。

为了防止同学们斜视，每两周都会一组一组整体地向右调换位置。但是那个时候，有的同学嫌推桌子、搬书太麻烦，而且还浪费时间，就提出高三时间紧、不换位置的想法。

温柔的于老师在讲台上不知所措，左右为难：“那……就不换吧。”

“不换的话，我岂不是一直要坐在角落里了？”有同学反对。

“要不……还是换一下吧。”

“到底换不换啊？”原本正在做题的孟遥被这个风波打断思路，

有点不满。

“要不，你们商量一下要不要换？”

“我们商量？”孟遥有些难以置信地看着于老师，“于老师，你是班主任，最终结果不应该是你拍板决定的吗？”

“可是，不管我决定了什么，都会有同学感到不满。”于老师有些犹豫。

孟遥回想起自己以前的班主任：风风火火地大跨步走进教室，啪地一拍讲台。“快点！换座位了！十分钟之内换不好的，来楼下办公室做两张化学卷子！计时开始！”

那气势，那效率，孟遥现在倒是很怀念了。

“于老师，班主任可以听各方面意见，但最终决定还是你说了算。决定要果断，不要左右摇摆。不然你就没有威信了。”孟遥最终给于老师提了建议——如何做好一个班主任。

真是的，怎么一个班主任，还不如我知道怎么处理呢？孟遥悄悄嘀咕着。

而现在，于老师显然是采纳了“最终决定我说了算”的建议，但是把果断做成了武断。

“这种年轻老师真不适合带高三。”花池翻了个白眼，“反正我们不换。”

学校另一边的教导主任办公室里，于老师正又气又伤心地控诉着同学们。

“教导主任，我辛辛苦苦排座位表，就是为了给他们创造一个更有利于学习的环境。可是学生却不领情，都不换座位！还有同学说我排得不合理。刚刚乔玥还摔门，太没礼貌了！现在计划都执行不下去了，怎么会这样呢？”

“唉，现在的孩子啊，真是越来越有自己的想法了，不能强来。”教导主任感叹一句，“你看看，是不是真的有安排不合理的地方。如果没有，就态度强硬点继续执行；如果有，就稍做调整再实施。”

“可是，无论我怎么排，都不可能面面俱到吧！”

“你可以先调整到一个大多数人都认可的程度，再让剩下不认可的人私下调整。”

“嗯……有道理。”于老师陷入沉思。

“上学期换数学老师的时候也是。那么多同学全涌进办公室，我都吓着了。而且他们说话很有条理，态度还挺强硬的。现在真是拗不过年轻人了……”教导主任笑了起来，“和他们多多沟通吧。00后的孩子独立，有思想，有胆量。要和他们做朋友，不能强制。但是，该有的班主任威信不能丢！”

“好，谢谢主任了！”于老师点点头。

刚离开主任办公室，电话就响了。于老师没有喘息的机会，只得赶紧接起。

“喂，是于老师吗？”

“是的，请问……”

还不等于老师说完，对方就语速极快地自报家门：“我是乔玥妈妈，来跟你说一下换座位的事。”

于老师差点背过气去，真是无缝衔接呀！

“于老师，我听乔玥说了最近换座位的事情，先替乔玥给你道个歉。乔玥性格强势，说话比较直，于老师别介意。我知道，你是年轻老师，没有这方面的管理经验。可能还有一些同学不理解你，让你的新方案执行不下去。但是，我们在工作中也会碰到相似的状况，同事之间协调不好，领导不理解……这个时候，就需要换位思考。多协调，多沟通，取得学生的理解，调整出一个适合当前情况的最佳方案。你可以听听同学们的意见，或者和其他班主任商量一下，说不定会有更好的结果。于老师辛苦了！”

“我找教导主任讨论过了，会解决好的。”听了乔玥妈妈的话，于老师松了一口气。

“那就好。高三对于老师也是一次很好的历练机会，可以让年轻老师迅速成长！于老师也要一起加油啊！”

“好的，乔玥妈妈！我会尽快协调好这件事情！”于老师心里流过一丝暖意。没想到，乔玥妈妈还打电话来安慰自己。

于老师不由得回想起昨晚的情形——

“妈妈，快陪我玩。”

“婷婷先自己玩啊。妈妈有事，一会儿再陪你。”于老师一边在电脑前回复着家长群里的各种问题，一边整理第二天的教案。

“不！我要妈妈！”婷婷哇的一声哭了。

“乖婷婷！”于老师赶紧过去，一边将婷婷抱在怀里，一边示意爸爸过来。

“你给婷婷讲讲故事。我先处理下学校里的事。”

虽说已经工作几年了，但第一次带高三，于老师的心理压力还是特别大。家长群里不停的问题轰炸，加上个别家长总爱私信，于老师的微信总处于一片未读状态。眼看着小三门马上要高考，教学压力本来就大，再加上换座位事件——唉，于老师叹了口气。原来迁就学生们的意见，学生不满意；现在强行换座位，学生更不满意。于老师陷入了迷茫，似乎怎么也找不到处理好学生关系的平衡点。

好在，有家长理解。于老师长长地出了一口气。这多少让于老师心里有了一丝宽慰。谁都有第一次！于老师调整好自己。

乔玥妈妈作为职场过来人，深深地理解第一次带高三有多大压力。

在高考的节骨眼上，千万不能因为老师和学生之间微不足道的小事，影响到各自的情绪。虽然班主任因为管理经验不足，方法可能欠妥，但都是为了提高学习成绩。就像家长和孩子之间，尽管战火重重，但是目标一致。因此，必须实现老师和学生的双赢。

一想到乔玥每天晚上都学习到深夜、自己睡了乔玥还没有睡的场景，乔玥妈妈就一阵心酸。漆黑的夜里暖色的灯光像萤火虫一般，星星点点，似乎能点亮乔玥的希望。

于老师在思来想去后，终于走进教室，拍拍讲台："换座位的事，我征求了大家的意见，暂时先不动。保送的同学再开学就不来上课了，可以空出几个位置。不满意目前座位的个别同学，可以跟老师申请下。"

这次，班里没有骚动。于老师终于松了一口气。

放寒假的前一天晚上，涟漪把各科书籍分门别类摆在书桌前，开始制定寒假学习计划。

每天：6:00 起床洗漱；6:15~7:15 各科背诵；7:15~8:00 早餐。

涟漪想了想，又把白天需要上的辅导班列下来，然后画出一张表格。

	8:00~10:00	10:15~12:15	12:15~13:00	13:15~15:15	15:30~17:30
周一	数学一对一	化学自修	午饭	语文自修	历史大课
周二	数学自修	历史自修	午饭	化学大课	语文大课
周三	数学一对一	化学自修	午饭	语文自修	历史大课
周四	数学自修	历史自修	午饭	化学大课	语文大课
周五	数学一对一	化学自修	午饭	语文自修	历史大课
周六	数学自修	历史自修	午饭	化学大课	语文大课

英语一考虽然过去了，但涟漪感觉答得不好，可能还要二考。因此，涟漪把晚上 7 点到 9 点的时间留给了英语，晚上 9 点到 11 点对当天上课内容查漏补缺。另外，周日没有课，可以自由安排复习内容。

凛冽的寒冬就像这些凶狠的学科一样悄无声息地到来，涟漪提起十二分的精神穿梭在家和辅导机构之间，每天心无旁骛，拼尽所有力气，只希望高三的春天能尽快来临。

2 月 1 日。

涟漪似乎忘记了今天是春考查分的日子，还在房间里聚精会神地看书。妈妈探着头向里望了一眼，怕打扰涟漪，不声不响地退出来，迫不及待地登录上海招考热线。

“数学 120 分，语文 112 分，英语 135 分。”涟漪妈妈依次读出涟漪的成绩，眼睛忽地亮了。

“涟漪英语居然考了 135 分，成绩还不错啊！”爸爸也兴奋地走到电脑前。

“听网上说，今年春考英语特别难，好多是从《纽约时报》《卫报》《金融时报》等外文刊物上选的原文。”涟漪妈妈好像想起了什么。

“这说明，英语越难，外语学校越有优势！”爸爸一语中的。他并没有赶紧告诉正在学习的涟漪，而是又对照着春季考试考生成绩分布表，仔细研究着：“总分 367，上海市排名前 3% 了。”

“上海春考 23 所大学里，最好的两所大学是华东政法大学和上海大学。按照涟漪的分数排名，应该都可以上。要不要让涟漪春考走掉？”妈妈在大脑中搜索着关于春考录取的各方面信息。

“我也说不好。”爸爸犹豫着，“按照涟漪目前的学习状态，整体是呈上升趋势的。秋考她或许可以考取更好的大学。”

“但是——”涟漪妈妈又犹豫了，“还有四个月的时间，而且我们也不能确定下次涟漪是否能发挥好，况且加三学科还有两门没有考。”

“想当初高二选择小三门的时候，涟漪喜欢生物。但因为学校之前没有具备高考经验的生物老师，我们都不赞成，逼着她换掉了。到现在还遭涟漪的埋怨。她特别不喜欢背历史。不过说实话，化学和生物是一家。如果学了生物，会不会对她的化学成绩也有所促进？如果当时不是我们竭力制止，或许她的小三门成绩会更好些。她喜欢地理，虽然地理因为考试失误没考了 A+，但是 A 也还是不错的成绩。不过，她的小三门总体上还是不如大三门。”爸爸分析了涟漪的情况，叹了一口气。

“要不要报名春考批次这么重要的事，我们还是问问涟漪吧。”妈妈推开房间的门。

涟漪听到春考成绩开心了几分钟后，又坐回书桌前继续整理英语错题。

“所以，你春考批次要不要报名？”妈妈先是简单说明了一下情况，随后犹豫地问出一句。

“别吧……”涟漪有些反感地嘟哝着，“春考最好的学校是上海大学和华东政法大学。但我对法律没兴趣。上海大学虽然是 211 和双一流又是商科专业；上海戏剧学院的影视文学专业我倒喜欢，但是……”

涟漪终究没有说出原因，只是略带失望地改口道：“你们对我就这么没信心啊？”

“当然不是对你没有信心！”妈妈赶紧解释，“主要是觉得，你不是每次都发挥正常，万一秋考发挥失常就麻烦了。而且，上海大学是上海市大力支持的学校，未来呈上升趋势，说不定将来和上海财大一样火热呢！”

“可是我不想报春考呀……”涟漪小声嘟哝着，钻回了自己的房间。视线在触碰到桌子上那枚暗红色的校徽时，像被刺到一般飞速缩了回来。

那是在高一暑假参加一个文学创意活动时，一个北大学姐送给她的见面礼。两年来，它一直静静地躺在桌子一旁，看着时间静静流淌。高一暑假和高二暑假的比赛以及前不久的北大冬令营又加深了她的印象。

或许我应该继续追寻自己的梦想。如果我贪图安逸，春考走掉了，或许一辈子都会后悔，涟漪暗暗地想。而且冬令营的结果还没出来，不知道后面有没有什么说法，或许有什么优惠呢……

涟漪像黑夜中的战士，在黑暗严峻的环境中期盼着黎明的曙光。

夜晚的房间很安静，妈妈在外面缝一条黑色棉毛裤。空气中只有缓慢悠长的针线声。绵密的穿梭声好像在讲述童话里的奇遇。涟漪在卷子上轻轻地写字，生怕打扰这久违的安静冬夜。

涟漪很喜欢这种氛围。安静又不孤独，心里满满的，却又不浮躁吵闹。

夜里，我们想到远在天边的梦。安静时，我们又在现实中重新找回自己。这么美好的故事，应当有个圆满的结局。

“哦，对了——”涟漪妈妈突然想起来，“涟漪现在是不是应该把剩下的精力放在其他四门身上，把英语暂时放一放？”

“是啊。”爸爸恍然大悟，“135 分应该是很高的英语分数了。再花时间在英语上，估计也就再提个两三分，不如集中精力主攻剩下的四门。”

“要不，叫涟漪出来讨论一下。”

“涟漪——”妈妈冲涟漪的房间喊了一声。

涟漪此刻正在专心整理英语错题。她放下手中的笔，似乎讨厌别人打扰了她的学习，有点不情愿地走到客厅。

听了妈妈爸爸的分析后，涟漪也觉得有道理。虽然英语一直是她的最爱，但一切以高考分数为中心，似乎也没有错。如果只剩四门课，压力似乎会小很多。

涟漪准备先休息放松下，她拿起放在客厅的手机。

QQ 有更新提醒！涟漪顺势点了进去，打算娱乐身心。

一个来自腾飞中学的同学更新了空间。这个同学是在暑假的特训营上认识的。当时，大部分同学在听到他的学校时，都感觉他走路自带圣光，气场两米八，连大家看他的眼神都不一样了。

但是，这个高考工厂制作出来的“产品”，和大家似乎没有任何区别。如果有的话，可能就是他比大家都乐观开朗，整天都笑呵呵的吧。

现在，他转发了几张图片，看上去是贴在墙上公示的内容。

看完后，涟漪有点想笑，但更多的是惊讶——这……也太荒诞可笑了。为什么擦眼镜都要被记录下来，而且还贴在公示墙上，有名有姓的。还有：喝水不行，跷二郎腿不行，手托腮也不行；就连翻东西声音大了，都要被扣上自习状态不佳的帽子。

这也太严格了吧？涟漪不禁有些怀疑。但……这确确实实是真的：有图有真相。

涟漪不禁暗自庆幸自己在第一外国语中学，比腾飞中学宽松多了。除了个别时候同学们犯了低级错误，在上课时被老师集体训话之外，没有老师会强迫你做什么。要是我在腾飞中学的话……涟漪悄悄设想，那肯定是天天挨批评，而且还要站到主席台上接受校长训话的那种。

这种状态下的学生，确实有承受不住的。但是，仍不乏像涟漪QQ里这种乐观积极的同学，走路都在唱歌；特别喜欢交朋友，一有时间就出去玩，但仍可以用四十分钟做完两个小时的卷子。

不管条件多么严苛，管理多么森严，压力有多么大，他们，永远都以向上的姿态迎接命运的挑战，永远会在困难面前挺直身体。他们喜欢挑战，因为挑战可以证明自己的实力——他们迎接风暴，激动如大海。

腾飞中学的这种精神，是我应该学习的。涟漪放下手机。虽然我们已经放假了，但是外地许多学校还在上课。毕竟，我们要和全国学生去竞争。虽然在上海市，但似乎也没有绝对优势。

我必须加油，不待扬鞭自奋蹄。涟漪脑子里突然冒出这么句话。突然增加了动力，方才百无聊赖的感觉一扫而空。

“不能喝水，不能手托腮，不能趴着，更不能转笔。”涟漪念了两遍，继续投入到与题目的“厮杀”中。

苏阳盯着自己保送考的审核结果：未通过。

输入准考证时颤抖的指尖，也换不来一个满意的答案。留下的，只有屏幕上冰冷的黑体字。

他无奈地叹了口气，正想着怎么和焦虑暴躁的妈妈说这件事。妈妈却好像早就有预感一般，不知从哪里跳了出来，一巴掌狠狠地拍在桌子上。

本来就受到结果刺激的苏阳一下子就蒙了。但妈妈并未发现这一点，只顾发泄自己的情绪：“我就知道你通过不了！我让你报北外和上外，你就不报！固执己见，不听老人言！现在好了吧，只能裸考！”苏阳妈妈语气中带着明显的怒气。

苏阳愣了两秒后，缓过神来，心里也有些生气：“裸考就裸考！妈，你别说了行不行？我还要高考呢！”

“参加高考？你被保送考浪费了那么多时间，哪还有精力参加高考？”妈妈的声音都带着哭腔，好像天要塌了一般，“你们年级这次差不多都过保送了吧。人家晓薇不比你学习差，都没拿清北的保送。你说你充什么大尾巴鹰！现在可好，人家晓薇保送复旦了，你放着保送不去非要参加高考！你是不是脑子被驴踢了！”

“我怎么选择是我的事！我的未来也不用你管！”一向温和的苏阳再也无法忍受妈妈的指责，大吼一声。

“行了行了，我算是管不了你了。你考不上大学也不关我的事！”妈妈直接走向门，似乎要离家出走一般。家里的气氛一下子紧张起来。

“你也别太焦虑了！”苏阳爸爸赶紧把苏阳妈妈拉回来，“你别总拿自己的意志去要求孩子，他喜欢上哪个大学就上哪个大学，他又不是小孩子。”

苏阳沉默了一会儿，突然抬起头：“听说开学会有家长情绪安抚会，不过是给成绩不太理想的同学安排的。你可以去听一听。”

“成绩不太理想的同学？那不就是你嘛！具体在什么时候？我要去听听！”苏阳妈妈在苏阳爸爸的劝说下冷静了一些，对学校开展的针对成绩不理想同学家长的心理疏导跃跃欲试，“我也觉得，我最近烦躁得很。儿子的成绩不让人省心啊……”

苏阳感觉妈妈的声音逐渐远去，自己好像掉进了井里一般。

“通过保送考啦！终于有大学上了！”朋友圈中，陶然兴奋地发出一张录取结果截图，语气中充满了掩饰不住的得意：复旦大学英语系。

和晓薇的结果如出一辙。

涟漪不知道该怎么形容这种感觉：明明水平相差十万八千里的两个人，最后竟然进入了同一所大学的同一个专业。涟漪都为晓薇感到不公平。

“我们同学都保送了，我却要高考……”涟漪皱着眉弱弱地飘来一句，似乎内心很受伤，“他们都在晒网上查询的通过结果。”

“噢，对，还有参加艺考的花池。虽说对结果不太满意，但毕竟艺考结束了，至少有个保底学校，现在天天悠闲得很。还有报考上纽大的同学，他们都去参加封闭冬令营了。估计开学又有好多同学可以解放了！”

连日来的学习让涟漪有点身心俱疲，还有点沮丧：“反正最后就我还没有大学读……”

“那么多同学都要高考，又不是只有几个。”妈妈不以为然，“调整下心态，别被外界打扰！上纽大最后也是你自己说不要去的！春考批次也是你说要放弃的！现在又在这里这么怨念，看得我烦！”

妈妈突然话锋一转：“你是不是又看手机了？我跟你说，没事不要乱看手机！看出事情了吧？!”

“这是我第一次看手机啊……”

“哪有那么多理由？!”妈妈眼神凌厉地扫过来，“提高成绩是王道！”

“北大冬令营的结果出来了吗？”涟漪有些心烦意乱。虽然去时无心，但不知为何，回来后却时时牵挂。或许，当你真正坐在北大课堂听老师讲课的时候，才能体会到。

“没有。”妈妈白了一眼。

“什么时候有结果啊？”

“我也不知道。知道会告诉你的。”

涟漪一声不吭地回了房间，失落地坐下来。

相比之下，杨铭家里则一片祥和，连光影都显得温暖柔和起来。

妈妈正把一大本整理好的错题交到杨铭手上：“妈妈能帮你做的都做了，剩下的要靠你自己努力了。”

“啊？”杨铭看到妈妈递来的厚厚一大本，有些诧异。翻开一看，里面像是整整齐齐的手工作业：妈妈把杨铭的卷子按照时间整理好，一张张复印，然后把杨铭曾经错过的题目从复印好的卷子上裁剪下来，像做手工般一张张再贴到错题本上。杨铭一阵惊喜和感动：“妈妈帮我整理了错题？!”

然而，杨铭家也不是一直都如此祥和温暖。寒假刚开始的时候也是一片鸡飞狗跳的场景。他回想起寒假之初妈妈的“河东狮吼”：

“老师不是让寒假整理错题吗！”妈妈劈头盖脸地问杨铭，“是不是没有整理？”

“错题那么多，哪有时间整理啊！有整理的时间还不如再做一遍呢！”杨铭也不耐烦地嚷道。

“不整理错题，这次错的，下次还得错！”妈妈的手指有力地戳戳杨铭桌上的考卷。

“哎呀，那我考前翻翻之前做过的卷子就好了。”杨铭一副死猪不怕开水烫的表情。

“你……”杨铭妈妈气得几乎失语，“你自生自灭去吧！我再也不管你了！”

随后是妈妈摔门而去的背影。

杨铭本以为妈妈放弃自己了，没想到等来的却是这样的礼物。当时的杨铭妈妈很是无奈，但是又怕儿子不看错题，只好决定自己整理。

“妈妈，我知道了。以后你忙自己的吧，别为我操心了。”

第八章

低谷

自己所谓的目标和梦想就这么消失了，而自己奋斗的方向也模糊不清起来。好像一个一直在跑道看着终点线奔跑的人，突然就站在了没有尽头的地方。后来，连路也消失了。只剩下一个人，在苍茫混沌中，漫无目的地奔跑着，孤独，迷茫。

2月23日 距高考还有104天。

“怎么开学就这么点人了？”花池看着教室里二十个出头的同学，不高兴地嘟哝着，“我也不想上学……”

没有人理她。大家继续干自己的事情。虽然动作没有停，可是有些人心中坦然，有些人则羡慕嫉妒。但无论是哪种，摆在大家面前的只有一条路——向前走！不论是斗志昂扬地冲上去，还是被时光无奈地推向前方。

“哇！”又一声惊呼打破教室的宁静，“上纽大录取结果出来了！”

与上一次不同，这种爆炸性消息对于破坏教室氛围，起到了决定性作用。

“啊？天呐！”孟遥慌慌张张，教室里乱作一团。

“我的手机在哪里？”程莞急急忙忙地翻书包。

孟遥回忆着自己的邮箱登录密码，终于下定决心，一位位地输进去。

只过了一分钟，整个班级都提心吊胆的，像过了一个世纪般漫长。

“啊！我拿到上纽大A档啦！”程莞欢呼雀跃着，向全班宣布。要知道，在严格的方老师的管教下，这可是程莞上高中以来，第一次这么放肆。

“你小子运气不错啊！”杨铭调侃着。

“哈哈，提前半年解放啦！”程莞抑制不住内心的喜悦。

“我也拿到A档了。”程莞前桌的一个女生也淡淡地说道，似乎早已胜券在握。

涟漪不喜欢教室里这种聒噪的气氛，想到走廊里安静一会儿。思绪转转悠悠地飘回昨天晚上。

“涟漪，你没有被评上北大冬令营的优秀营员。”晚餐时，妈妈走到涟漪书桌前，一脸遗憾地说。

“啊？”涟漪愣了一下，“你什么时候知道的？”

“今天上午，所以我一回来就告诉你了！”妈妈一脸“看我消息多灵通”的骄傲。

可是这种坏消息，就不用这么准时播报了吧……涟漪有点郁闷地想。她静静地喝着粥，没有什么多余的表情。

“没有关系啦，反正也是意料之中的事情……”妈妈一脸无所谓，好像早就知道如此。

“如果你是在试图安慰我的话，你可真失败！这叫补刀。”

“那木清华呢？”涟漪想起了什么。

“木清华这次评上清华的优秀营员了，我问过她妈妈了。”

“你还问她妈妈？”涟漪皱起眉。

“不然我怎么会知道呢？”涟漪妈妈一脸理所应当，“你别管木清华，她不是一直年级数一数二的吗……”

涟漪听不进妈妈的话了，一时间有点懵懵的，就好像什么想法都不见了一样。大脑中空落落的，自己所谓的目标和梦想就这么消失了，而自己奋斗的方向也模糊不清起来。好像一个一直在跑道看着终点线奔跑的人，突然就站在了没有尽头的地方。后来，连路也消失了。只剩下一个人，在苍茫混沌中，漫无目的地奔跑着，孤独，迷茫。

“没有评上优秀营员，还可以报北大自招吗？”涟漪抱着一线希望问。

“虽然到现在都没有评上优秀营员有什么降分优惠的消息，但是我个人觉得没评上优秀营员，过自招的可能性不大。你还是算了吧。”妈妈没有注意到涟漪的情绪，一脸无所谓，说得云淡风轻——本来也没想着能过。

涟漪感觉置身于一片虚无当中，好像之前的那些经历都是假的。她只好问自己：所以，我在执着些什么呢？

她也不知道答案是什么，就是感觉脑袋糊里糊涂的，有一种被欺骗的感觉。

你让我见识了美丽的礼物，却告诉我那不是给我的。

那些让你强大的东西，同样也可以轻易让你溃不成军。

涟漪甩甩头，想忘记这些久久缠绕在脑海里的东西。一抬头，却看到教导主任和于老师的背影。

“这次上纽大在我们学校一共录取了十个学生，超过了以往的任何一届，录取率达 90%。这充分说明我们学校的学生素质高，英语沟通表达能力好。上几届的同学在上纽大得到了认可。”教导主任显得很开心，跟于老师边走边聊着天。

涟漪的心又一次被刺痛了。这么多同学都被录取了，而我却没有评上北大优秀营员。如果当初我报了上纽大，是不是现在也可以和他们一样，有不一样的结局？

涟漪听着一个又一个被上纽大 A 档录取的同学开心地议论，感觉更加心乱如麻：不论是程莞，还是程莞前桌，英语成绩都比我差远了，都能被 A 档录取呢……

突然，她听到后面一声尖锐的呐喊。

“我只拿到了 B 档！凭什么！”孟遥愤愤一拍桌子，“我英语成绩一直比程莞好的！”

涟漪扭过头，看到的是孟遥扭曲的表情。

“B 档有什么用啊，等于没录取！到时候根据报考人数按分数排名，差不多跟复旦交大一个分数了！”孟遥气不过，一把拉过韩逸，抱着他哭了起来。

“真是……‘有伤风化’啊……”乔玥翻了个白眼。

“狗在家中坐，粮从天上来。”花池无奈地飘来一句。

“这是自习课，请大家安静一点！”木清华一跃走到讲台上，“高考还没结束！”

自习自习，自我休息！讲台下的杨铭宽慰着自己，偷偷打开手机，却冷不丁地看到朱黛发来的一条微信。

“杨铭，还有几个月就要高考了！我想先集中精力学习，以后每周不去图书馆了。等考完后再联系吧。”

“为什么？我们可以一起去图书馆学习呀！”杨铭快速回复。

自从上学期和朱黛一起上的辅导班结束后，妈妈死活不给他在原来的地方续报了，找出各种理由换了辅导机构，甚至数学、物理等学科都变成了一对一。这就导致杨铭只有在每周末去图书馆学习时，才能见到朱黛——而不去图书馆，意味着他再也没有机会见到朱黛了！

半个小时了，朱黛还是没有回复。杨铭如坐针毡，给朱黛打电话，却是关机。

朱黛到底怎么了？杨铭怎么也想不通。之前一直好好的，怎么突然就说这种话呢？之后的几节课里，杨铭的脑子乱成了一锅粥，想着和朱黛的过往，只觉得无比怀念。

好不容易熬到自修课结束，杨铭没有回家，而是匆匆乘地铁来到朱黛家的楼下，焦灼地等待。过了一会儿，还没有碰到朱黛的杨铭，按捺不住焦急的情绪，又一次急急忙忙地发微信给朱黛：“我在你家楼下等你。”

朱黛那边依旧是静悄悄的，没有回复，好像人间蒸发了一般，而大片的绿色对话框让杨铭越发焦虑。

“你在哪里？我很担心你！”

三月的上海，阴冷潮湿，不见一丝阳光。浓厚的乌云掩盖住原本温暖的太阳，早已可以预知，今后的几天再也不会有好天气了。杨铭就这样从四点等到天色变黑，仍不见朱黛的身影。他的心也好像被这阴冷的天气吸尽了最后一丝希望，无奈又凄凉。

“杨铭，你在这里干什么！”杨铭没有等到朱黛，却被不知什么时候赶来的妈妈逮个正着。

“你放学不回家，在这里干什么！”

“我等朱黛！”

“马上都要高考了，你这孩子是不是脑子少根筋啊！”

“妈，你先回去。我就想见下朱黛，问她个事情。”

“问事情不能打电话吗？”

“朱黛……朱黛……她关机了。”杨铭结结巴巴地说。

“关机是人家不想理你。马上高考了，谁还有心思跟你磨叽！”

“都六点了！你平常都是四点多到家，今天五点半了还没见你回来。我猜你就到朱黛这里了。我开车过来，果然是！听话，赶紧回家吧，啊……”杨铭妈妈几乎是央求着儿子。

“她晚上总不能不回家吧！”杨铭不甘心地做着最后一丝挣扎。

“赶紧跟我走！”杨铭妈妈怒不可遏，刚刚的慈母形象彻底崩塌。

“妈——你就答应我吧。”

“不行，现在必须回去！”

杨铭妈妈用尽全身力气，连拉带拽，把杨铭拖上车：“孩子，你不能再执迷不悟了！天大的事儿，等高考后再说！”

杨铭倒在车上，整个人恍恍惚惚，好像坠入了梦里。妈妈在外面不停地说教着什么，一副苦口婆心又痛心疾首的样子。但是，他好像什么都听不见。眼前是和朱黛的一幕幕，像电影又像记忆碎片般划过，最后成为幻影。

车在家门口停下，杨铭深一脚浅一脚地走进自己的房间，砰地锁上门，打开游戏界面，想让自己在游戏的世界中找到一些真实感。

咚咚！急促猛烈的敲门声。

杨铭立刻皱起眉头，刚进房间妈妈就发现了端倪。

“杨铭你在干什么？怎么锁上门？是不是在打游戏？”

杨铭没有回答，而是戴上了耳机，似乎一切事情都可以这样抛之脑后。所有和父母冲突造成的不快，所有在考试中的遗憾，所有对于朱黛的不解，所有对于整个高三生活的无奈……都可以这样随着游戏的音乐声响起飘散在风中。

所以，戴着耳机的杨铭没有听见妈妈拿来钥匙开锁的声音。

“杨铭，你还要不要高考啊！”

耳机被粗鲁地扯下所带来的疼痛感，混合着原本就烦躁的浑身负能量，在抬起头正对上妈妈满眼盛怒的火焰时，瞬间达到杨铭世界的爆炸极限。

杨铭的房间里，只剩下看不见的火光冲天。

三月的天气还有些冷。涟漪抱着厚厚一摞卷子，迎着走廊落地窗的万丈光芒走向小教室。白色的墙和黑色的门框之间颜色的冲击，冲撞着涟漪的每一根神经——选择放弃英语，就没有退路了。

没有退路，意味着什么？

涟漪的心猛地抽紧。

这学期的涟漪不能学习英语了，是不能，而不是不想——如果继续学习英语，学习数学的时间就会减少。时间一少，高考就会爆炸。高考一爆炸，涟漪也会跟着爆炸。于是，为了让自己将来不爆炸，在英语春考结束的情况下，涟漪只能把目光放在提高数学成绩上。

现在，她只能在寂静的空教室中摊开卷子，强迫自己把注意力集中在题目上。随着目光在卷子上游移，涟漪却觉得大脑空空，检索答案失败。

“做题应当揣摩出题人的意图：他到底想考什么？”方老师的话依稀在耳边回响。涟漪回忆着，可是却失望地发现自己像失忆患者。

涟漪其实很想大喊一声：“我是打不死的小强！越挫越勇！”可是，话到嘴边，却发现自己早已没了力气。

她有些想催眠自己，没有力气是因为高三真的比之前辛苦——毕竟，除了数学，还有那么多的学科一拥而上，让涟漪觉得自己疲于应对这些学科，招架不住敌方的猛烈攻击。

这是事实，但明明有另一个答案在心里悄悄生长。

自从开学以来，妈妈变得越来越易怒。家庭冲突暗潮涌动，在黑暗中等待一个合适的契机爆发。

“你怎么整天失魂落魄的？”妈妈凌厉的眼光盯着发愣的涟漪。

“没有啊，这不是看书呢！”涟漪拿起数学书，此刻只希望妈妈赶紧离开自己的房间。

“还有 80 天就要高考了。不好好学，你对得起方老师吗？还有你的化学和历史，是不是该提高一下？”

涟漪想想那些科目，就觉得自己一个头两个大。刚想说点什么，妈妈又插进来一句话：“我看上学期数学一对一之后，效果不错。要不，化学也改成一对一？至于历史，看你的意思。现在就剩下四门学科，你有什么理由学不好呢？”

涟漪不满意地嘀咕：“我怎么就学不好了……你出去吧……”

妈妈还想说点什么，但最终狠狠地叹了口气，离开房间。

涟漪双眼无神地盯着眼前的课本，却也没维持多久，就百无聊赖起来。她的一只罪恶的手伸向手机，准备干一票坏事。

为了让右手得到充足的休息，提高写字速度，涟漪只得笨拙地用左手操作界面，划开锁屏。期间，她忽略了被自己碰到桌子底下的橡皮和被撞歪的计算器。

可不曾想，刚看了没几分钟，妈妈又神不知鬼不觉地推开了涟漪房间的门，吓得涟漪赶紧把手机藏到数学书下面。

“涟漪啊，妈妈跟你谈谈心。”妈妈一脸严肃。

“啊呀，谈什么心啊，我还要学习呢。你别浪费时间了。”涟漪一脸不耐烦。又来了！自从开学以来，妈妈似乎比以前更加焦虑了。这种焦虑源源不断地传到涟漪身上，让她无法静心学习。

“你还学习？”妈妈的声音陡然提高，“你的状态我还不知道？懈怠得很！早上都不早起了！我走了之后，你不知道在搞什么小动作呢！”

“啊……”涟漪只觉得自己精疲力竭，“你从寒假开始就把我手机设成学生模式了，一天只能用二十分钟！电脑也改了密码，我用不成了。我还能搞什么小动作啊？!”

“那我怎么知道？我要是知道的话，早就采取措施了！反正你从开学这一个月以来，成绩不进反退，肯定有问题！现在三月了，马上四月就要二模了，然后是五月等级考，六月高考……”

“你别说了！”涟漪被喋喋不休的妈妈弄得愈加烦躁紧张。

“我还听你们语文老师说，你居然在语文课上睡觉！”妈妈并没有听从涟漪，而是紧接着向涟漪发出一系列攻击，并有些得意，感觉自己一语中的，“你的学习状态懈怠得很！”

“不在语文课上睡，难道在数学课上睡吗？”涟漪理所当然地反问一句，“每天学习那么辛苦，我的大脑不能一直高效运转啊。在数学课前休息充足，似乎也没什么问题。”

妈妈被气得说不出话来，只能啪的一声，拍拍桌子：“你还有理了？语文课的事情，一会儿再教训你。别让我忘了正事——我想在你房间安装一个摄像头，全方位督促你学习。或者我就坐在你旁边，看着你学习。你自己选一个。”

“什么？”涟漪怀疑自己听错了，“你在旁边盯着我学习？还安摄像头？那我还学习什么啊？人与人之间要有安全距离的吧？”

“你还记得小学的苏琪吗？她爸妈从她小学的时候，就在她房间里装摄像头。你到高三才开始装，而且就几个月。等到高考结束，我们保证拆掉。”

“不要，你出去吧。”

“我不走。不安摄像头，我就坐在你旁边看你学习，当你同桌。”

“我同桌不会一天到晚盯着我学习啊。你这是监狱看守犯人吧？更何况，高三之后，大家都没有同桌！”

“那考试的时候，监考老师站在你旁边，看你答题，你就考不出了？”

“老师不会一直长时间地站在一个同学旁边……”涟漪只觉得妈

妈不可理喻，但突然又想到春考时候的那个抖腿老师，一气之下把妈妈推出房间，锁上门。

“这孩子……越来越不像话！”妈妈气得直摇头，对身边的涟漪爸爸说，“明天赶紧把她房间锁拆了！还会锁门了！”

于是，第二天，涟漪看到自己房间的锁被撬掉时，简直震惊了。

“你们怎么趁我上课把锁撬了？门都关不紧了！”

“谁让你锁门？越来越能耐了！这房子是我们的，给你一间住，还真把自己当房间的主人了？我们是户主，拆一个锁怎么了？”

“我看越来越能耐的是你们吧！寒假里就因为我在手机上查题，就觉得我不独立思考。每天手机总共只能用二十分钟，之后就自动锁住所有软件，还给电脑设置我不知道的密码。这也就算了，现在还拆了我房间的锁，给我安装摄像头！这还是家吗？这是劳改院吧！”

“我还不是为了你好？我……”

“那你可千万别为我好了，我受不起！”涟漪烦躁地拍着脑袋，“我出去散散心。”

“哎——”涟漪妈妈想抓住涟漪，奈何涟漪只留给她一个生硬的碰门声。

“这孩子……越来越不听话了！”妈妈愤愤不平，“还敢离家出走了！”

三月的风还带着丝丝凉意，呼啦啦地一拥而上，扑在涟漪脸上。

往事如浮光掠影般一幕幕展开。冬令营的一个夜晚，走在回寝室的路上，北方冬天的风也是这么冷。涟漪的手早已被冻红，可是身上却暖暖的。天上的星星是那么亮，呼出的白雾萦绕在涟漪身旁，好像要带她飞向自己的梦想。

特意没有花完钱的太阳卡，现在还在书橱里静静躺着。

还有曾经的朋友们，希望的眼神穿过冬日浓浓的云，笃定地向她期许："九月份再见。"

可是，她食言了。

其实，我并不想要这么多希望。尤其是当它们一个个破灭在我眼前时，显得我特别糟糕。

之后发生了什么呢？涟漪努力回忆。

涟漪有些兴致缺缺，状态不好，做什么事情都费力起来。可是在妈妈眼里这是懈怠的表现。家里开始了无休止的争吵。强权的妈妈夺走了涟漪的电脑，限定了手机上网时间，哪怕这根本不是症结所在。

妈妈愈发焦虑，对涟漪的干涉也越来越多。涟漪原本平静的心被搅得七上八下。

随后便是日复一日的恶性循环。涟漪愈发没有了动力，早上五点再也起不来，甚至中午还要趴在桌子上睡觉，补充体力。她总是觉得筋疲力尽，可是事实上她什么都没干。以前，从来没有过这种情况。

这是为什么呢？涟漪轻轻问自己。听人说，自己和自己对话，才能找到内心的声音。

可能是因为，我再也找不到坚持下去的理由，一切似乎都没有了意义。

但是，在此之前，为什么暑假夏令营集训后的我，依然可以奋发努力，斗志昂扬呢？

为什么呢?

涟漪突然很烦躁，加快了脚步，用近乎跑步的速度在初春的街道上大步前行:“什么破问题！去死吧！”

“涟漪离家出走了！我们快报警吧！”涟漪妈妈大喊一声，把涟漪爸爸吓了一跳。

“啊？你们发生什么了，她离家出走？”

“翅膀硬了不服管了！嫌你撬了她房间的锁，也不让我坐在她旁边监督她学习。”妈妈眉毛一竖，“死孩子！”

“据说报警要等失踪二十四小时才行！她出走多久了？”

“五分钟。”

“啊？她可能只是去外面透透气吧。涟漪长这么大，从来没有离家出走过。”

“那她万一想干一票大的怎么办啊？”涟漪妈妈急了，“我也是为她好啊……不行……我问问木清华妈妈应该怎么办……木清华成绩那么好，肯定是家长从小教育有方。”

“算了吧……”

“你别管！”涟漪妈妈迅速拿起手机，给木清华妈妈发出微信。

“木清华妈妈，涟漪近期学习状况较差。因此，我们决定没收手机电脑并监督她学习。可是她却因此离家出走，我要怎么办？”

涟漪妈妈焦急得坐立难安，有些后悔自己方才对涟漪的吼骂和撬锁等行为。但是，她也的确不知道应该怎样让涟漪步入正轨。但凡有更好的办法，她都不会这么做。可是，从另一个角度上讲，家长的帮助本来就是外在的。除此之外，还能帮上什么忙呢？终于，手机叮咚一声，解救了快想破脑袋的涟漪妈妈。

“她是不是压力太大了？你不要全方位监督并干涉孩子学习。这样会打乱她原本的学习计划。你采取的种种措施会让孩子徒增不必要的压力。可以多鼓励孩子缓解一下，不要把孩子逼得太紧，留一点自己成长的空间。”

压力太大！不像啊！她表现得好像在混日子，稀里糊涂的。“可是，涟漪最近状态很不好，我只能采取措施了。之前她状态好的时候，我的确没有干预过她。如果不这样，仅仅是鼓励就可以让她步入正轨吗？”

“你可以多和她聊聊天，听听她的看法，找到症结所在，缓解压力。从涟漪的表现来看，可能是你以为自己找到了症结，其实却没有。”

“好的。谢谢！”

谢过木清华妈妈，涟漪妈妈陷入思考。很显然，木清华妈妈是想从内因出发，寻找突破口。

涟漪是从什么时候开始状态不好的呢？好像是开学之后。寒假的时候，还在很用功地学习，干劲十足。

是因为那个北大人文冬令营没有评到优秀营员吗？应该也不会吧。涟漪本来也没打算去呢，没评上也是意料之中的事。那是为什么呢？

涟漪妈妈有些摸不着头脑，准备等涟漪回来再问问。

涟漪已经走了二十分钟了！

“可你还记得初三的时候，有个同学离家出走了，家长在微信里找人的事情吗？当时涟漪很明确地表明过立场，说这是不明智的行为……”

“那有什么用？你女儿还是离家出走了！我们报警吧！”

“再等等，她肯定会回来的！”涟漪爸爸把涟漪妈妈拉到椅子上坐下。

此时的苏阳妈妈，内心的焦虑比涟漪妈妈有过之而无不及。

“苏阳，你看你的成绩不稳定啊！”苏阳妈妈指着一次小考的成绩单，“你要是当时多选一个保送学校，早就保送上外北外了。我们还用这么担惊受怕的吗？”

“是我自己没有通过保送考，还是能力不行。”苏阳听到妈妈又一次絮絮叨叨，不悦地皱起眉。

“你看看这次，一下子变成班级第十名，年级四十几名了。照这个样子下去，估计也就考个上外的样子啊。你说你还浪费半年时间，有用吗？”

“这是我自己的选择。我要学习了，你忙你的吧！”苏阳叹了口气。

“我忙我的？你要是高考也这样怎么办？要是甚至比这次还差怎么办？要是连一本都考不到怎么办？天呐……”苏阳妈妈被这个可怕的想法吓得跌坐在椅子上，不停地摇头。

“妈妈，你是不是太焦虑了？”苏阳只能放下书，开导妈妈，“成绩有波动是很正常的事情，你不用这么着急吧。”

“也是……反正，我也想开点，要是真的考不上大学，我们就复读！”苏阳妈妈突然抬起头，眼神中散发出坚毅的光芒，“别害怕，妈妈大不了再陪你一年！”

这下换成苏阳愣在座位上了。

“我和你们老师沟通一下，看看复读的具体事项，免得到时候措手不及……”苏阳妈妈拍着脑袋走出房间。

“爸，你让妈妈和心理医生沟通一下，看看治疗的具体事项，免得发展成狂躁症。”苏阳拨通爸爸的电话，“妈妈现在快疯了，正在给我准备复读的事情……”

半小时后，涟漪终于到家了。

涟漪爸妈松了一口气，但是涟漪妈妈还是生气地喊：“你还知道回家？有本事别回来呀！”

涟漪不等妈妈说完，就回到自己房间，砰的一声关上门。

“你也冷静一下吧。我们现在不能整天和她吵，对我们都不利。”涟漪爸爸叹了口气，把涟漪妈妈再次拉到房间里。

“她这种状态，我冷静不下来啊！她高考还怎么办啊？”

“那你也不能以暴制暴啊！她现在情绪萎靡，你也不能这么焦躁啊！家里全是负面情绪怎么行？我们家长要调节家里的不良氛围，才能带动涟漪自身的情绪，从而促进她的学习状态。”

“你说得倒简单，涟漪到底能不能恢复以前的状态啊？她高考怎么办啊？”

“你先缓一缓吧，过一阵再说。现在这种紧张关系的局势里，我们再过多干涉只能适得其反。”

涟漪出去散心的时候，并没有想清楚为什么自己变成了这样，为什么妈妈如此强权武断，更没有想到解决方案是什么。她又一次感到身心俱疲，倒在床上昏昏睡去。

他们说，躲避现实的人总是奢求在睡眠里获得慰藉，暂时忘记现实中不想面对的事情。

用这话来形容现在的涟漪，简直贴切至极。

就像她模模糊糊地感觉，好像到高三之后，自己正在逐渐蜕变成独行侠。虽然有时大家会聚在一起讨论题目，一起吃饭，一起聊天。但是，涟漪逐渐发现，自己还是更喜欢一个人安静的时候。这时候，她可以整个人都放松下来，不会感到疲惫。而这一点，高三之前的涟漪从未有过相同的感觉。那时候的涟漪虽然谈不上活泼健谈，但至少在人群中时，是可以获取愉悦成分的。而现在的涟漪，多说一句话似乎都成了她能量的消耗。

一个人走在路上的时候，看着草地上暖橙色的路灯一起点亮秋天的黄昏，化身成一颗颗地上的繁星；一个人在图书馆的时候，抬头看到明亮的灯晕染出一层层的光芒，撒在她脸上，让她有一瞬间以为自己又看到了远方的希望；一个人独自想问题的时候，可以完全沉浸在自己思维的海洋，内心更加平静安宁……而这些，都是在多人嬉笑间无法捕捉、无法感受的体验。涟漪喜欢这种体验，甚至称得上着迷，并不停地在群居社会中寻找独处的机会。

涟漪不知道自己是生性如此，只不过现在才发现自己的内心；还是繁忙的课业和学习压力让她感到疲惫，无暇顾及身边发生的事，只能寻求自保而已。

涟漪就连自己都琢磨不透，更不要谈她之后的命运了。

相比于涟漪妈妈和苏阳妈妈，孟遥妈妈则显得很淡定。每天照例健身，跑步，听音乐会，偶尔还会去日本和东南亚度假，仿佛家里根本没有高考生。而在这种状态下，孟遥妈妈似乎每天都心情很好，只是偶尔想起来关心下孟遥的饮食。

“遥遥，累不累呀？多休息会儿吧，保持学习效率才行呀！”孟遥妈妈端来一盘水果：猕猴桃、苹果、橙子、蓝莓、梨……花花绿绿，种类齐全。

“没事，我再看会儿书。”孟遥接过水果，没有抬头。

“最近韩逸是不是要过生日了？我好像之前听你说过。我们请韩逸吃个饭吧！正好放松一下！”

“啊？”孟遥惊讶地抬起头，“都这时候了，还出去吃饭？我们还要高考呢！”

“他要是不愿意就算了。”孟遥妈妈倒是一点都不介意。

“我问问他吧……”孟遥想了想，最终还是拨通了韩逸的电话。

“好呀！当然愿意了！”韩逸一听大喜，“阿姨真开明！”

韩逸心里美滋滋的。

为了缓解高三家长的焦虑，学校组织了安抚会。家长自愿参加。

苏阳妈妈此时正坐在办公室里，和其他几个不认识的家长一起接受高三家长心理疏导。负责心理疏导的历史老师看到围坐在他周围的一圈家长们，有些忧心地叹了口气。

“到高三，家长压力不要太大。从客观上讲，家长压力大，对于孩子的成绩只会起到反作用。你们也不能替孩子考试。压力大，不仅不会改变孩子的考试结果，还很有可能将这种不良情绪传递给孩子，让孩子也无心学习。”历史老师苦口婆心，目光落在苏阳妈妈身上，“尤其是苏阳妈妈，你的焦虑真是出乎我的意料。我给你讲一个故事。”

苏阳妈妈听到被点名，赶紧抬起头，瞪着眼睛，像个上课时被点到名的小学生。

“我高考的那一年，高考数学题目很难。我好多都不会做，卷子上是大片的空白。但我心态好呀！毕竟我数学一直不好，我从小就是偏文科的类型，简单的题我也未必都会做，所以没觉得有什么。但是，有一个和我关系不错、数学成绩很好的同学，平时测验几乎都是满分。高考的时候，一看好多题目都不会做，就直接交卷弃考了！后来，我们那年的数学平均分只有四十几分，满分一百五十分。再后来，我来学校教书，他回农村老家。之后就杳无音讯了。”

“他那么聪明，数学成绩又那么好，要是当年没有冲动地弃考，结果也不会是现在这样吧。”历史老师意有所指地看向苏阳妈妈，“苏阳是个好孩子，我不希望你的焦虑传染给他，发生这种悲剧。”

苏阳妈妈陷入沉思，木讷地点点头，反思自己这几天来堪称极端的行为，心里猛地一紧。

“其他家长也是。孩子进步的过程是需要慢慢来的，切不可因为自己的好高骛远而揠苗助长。大概率的结果，是会起到反作用。”

“那我们应该做什么呢？”苏阳妈妈的头脑稍微清醒了一点。

“家长们负责好学生的健康就行：身体健康和心理健康，两者缺一不可。在必要时，最好能进行正向的心理引导。但最起码的一点就是，不要把自己的不良情绪传递给孩子。”

苏阳妈妈点点头，像一只被驯化的野兽，藏起自己的獠牙和犄角，摆出一副温顺的模样。

“还有其他家长也一样。”历史老师继续讲，“只有家长放松了，才能给孩子更好的支持，孩子也才会阳光快乐。一个人只有认识到自己生命的价值，他才会自信。一个自信的孩子自然会坦然面对考试的失败，也会从容面对人生旅途中遇到的各种挫折。只是，这种自信更多地来源于家长对他的接纳和信任。学习是一生的事，即使高考失利也不算什么，后面的路还很长，只要努力什么时候都可以。只要孩子品质好，身心健康，就比什么都重要。”

第九章

自招与综评

在当初的理想和热情破灭，经历了一段情绪低迷后，现在的涟漪终于回归实际。美梦碎了就碎了吧，我们终究不能活在梦里。

3月20日 距高考还有79天。

学校四楼大会议室。

“自主招生和综合评价陆续开始了，所以学校邀请了北大心理系毕业的教育专家裘珍老师给大家做讲座，掌声有请裘老师！”教导主任在大屏幕边率先鼓起掌来。

专家裘老师从侧面风风火火地走上台来。那气场，直接让原本安静的气氛活跃起来。原本都在垂头沉思的同学们此刻都抬起头，聚精会神。

“无论是自招还是综评，第一，要先准备自荐信。自荐信怎么写？首先，要让老师一眼看出你的亮点，不能泛泛陈述。比如，你说我假期参加了很多活动，做了课题研究，还去福利院看望老人……但是，这篇自荐信的问题明显是：你只告诉老师你做了什么，但是在做的过程中，获得了什么没有写。”

“要是我肯定就这么写了。”杨铭在台下窃窃私语。

“比如，你第一次做课题研究，通过怎样的努力去获取资料；在做的过程中遇到哪些困难，如何克服的；通过做课题你学到了什么，这个过程要认真写。因为这是你与众不同的地方。要让老师在一大堆自荐信中一下子看出亮点，吸引老师的注意力。”

“第二，面试。面试的形式有很多，有一对一面试、一对多面试、多对多面试，每个大学略有不同。但考官考察你各种能力的目的是一样的。所以，大家首先要了解考官想考你什么，然后才能有针对性地进行回答。”

台下的同学们都瞪大了眼睛，饶有兴趣地听着。

“比如，老师问你为什么要报考这所大学，你说你喜欢。老师又问，你报考这所大学有什么优势，你的分数不够高啊，这时候你不能说：啊，老师，我不知道，我只是来打酱油的。或者一听老师问，一下子就气馁了。这样面试肯定通不过。很多时候，老师是在测试你的心理承受能力，即所谓的压力测试。你回答了什么不重要，但一下子乱了阵脚，垂头丧气了，就不行。”

“哈哈哈哈……”台下发出一串欢快的笑声，“原来面试还有这么多门道。”

涟漪在台下听着，想起北大冬令营也有类似这样的面试，不禁有点沮丧。讨论问题的时候，在没有人举手的情况下，为了避免气氛尴尬，涟漪第一个举手回答问题。但因为思考时间短，回答得并不全面。后面的同学挨个回答完后，涟漪想起其他内容还想补充，却被老师告知：每个人只有一次回答问题的机会……

涟漪越听越沮丧，感觉自己似乎在无形中犯了不该犯的面试错误。转眼又觉得，裘珍老师好厉害，自己是不是也该学学心理学？

按往年惯例，3 月中下旬，高校开始发布自招简章。而且发布简章后，只有短短两周的准备时间，包括写自荐信和准备各种材料，盖章，上传。涟漪妈妈早早研究好了去年目标学校的招生简章，包括报考条件、招生计划、选拔程序、优惠条件和录取办法等。不知道今年的自招条件有没有变化。涟漪妈妈不敢怠慢，把涟漪高中时期获得的大大小小的奖证先扫描准备好，放到一个文件夹里。

“嗯，全国一二等奖，上海市的奖项都有了。英语、作文、财经、创意、物理探究还有发表的文章……应该符合大部分学校的报考条件了。”涟漪妈妈对照着涟漪的资料，一行行看过去，“这可是高一高二时‘南征北战’拿下来的。想想牺牲了涟漪那么多学习时间，到头来还不知道能不能派上用场。”妈妈突然眼神黯淡下来。

“不过，这些大学的初试基本在同一天，而且很多有限报学校。到时候真要好好研究下了，每个大学招生简章出来的时间不一样，截止时间也不一样。否则前面报完了，后面有想报的学校也不能再报了。”涟漪爸爸提议。

“清华、北大已经发布招生简章了，其他学校应该也快了。”涟漪妈妈若有所思。

“我们要不要先提前研究个方案，因为简章出来后没几天就报名。要根据要求准备资料；还要去学校盖章，开成绩单；然后再扫描后上传招生报名平台……我怕时间来不及。”

“可以啊。你先整理资料，然后咱们再一起研究。”

“我把去年自招的数据整理了下，包括初审、复试通过率，本地化率。你看一下。”妈妈对爸爸说。

“从数据上看，初审通过率越低，复试通过率就越高。清华北大的初审通过率在 10% 以下，但复试通过率都在 80% 以上。其次是复旦，初审通过率只有 5%，但复试通过率为 50%。另外，上外的复试通过率也还可以，能达到 20%。而且上外的本地化率最高，能达到 50%。就是说，通过上外复试的两个学生中就有一个是上海的学生。当然，这和上海学生整体英语水平高有关系，但也充分说明我们有优势啊。况且，涟漪又是上外附属学校的学生，学校本身英语又是强项。这么看来，上外是最好的选择。”

“有道理。”涟漪爸爸也赞同。

“但是，上外唯一的缺点是有限报数量。报了上外，其他就只能再选一所大学了。”

“你不是说初审时间基本都在同一天吗？就算能报很多，考试时间都一样，不也只能选择一所学校吗？”

“那倒也是。”

“所以结论是，上外一定要选，剩下的学校由涟漪决定。”

“复旦、交大、上外的自招也出来了！”下课后，孟遥朝教室里喊了一嗓子。

“是吗？都什么条件？”

“特殊类型招生报名平台上面有，自己可以下载招生简章。”

“我要报复旦。”乔玥拿着手机说，“复旦‘博雅杯’没有明确说必须有奖项，只说高中阶段文科学习成绩特别优秀、人文学科特长显著，对文史哲学术研究具有浓厚兴趣与发展潜质，并能提供相关证明材料的高中毕业生均可报名参加。”想想曾经因为嫌麻烦没有报名上纽大，现在的乔玥有些后悔。或许在高考的脚步越来越近的时候，才能感受到随之而来的压抑感和对每一次机会深深的渴望——再麻烦，都不能再放弃一次机会了！

“那我也报复旦，我没啥奖项。不过死马当活马医，试试吧。”林雪对乔玥笑起来。

“苏阳，你报吗？”韩逸转过身去。

“不报，自主招生针对的是有特殊专长的学生，比例很小。我不想浪费时间折腾，成绩才是王道。”苏阳一脸淡定地回答，犹如他当初放弃上外保送时一样的笃定。

“不过，从发布到报名总共才不到两周时间，要写一篇3000字的书评，时间还是有点紧。”乔玥想想，有点焦急。

“上外自招也出来了。”杨铭在手机上点开自主招生简章，“有复合型招生计划呢，国际政治、公共关系学、法学……”

“上外肯定会罩着我们的！不如我们大家都报上外吧！”一直性格很安静的林雪突然抬起头，“凭我们学校之间的‘父子关系’，怎么也能过初审吧？”

“林雪说的有道理！”杨铭也点点头，“好像报上外通过的概率会大一些！程莞他们上纽大都通过了，我也不能全指着裸考啊，试试呗！我们本来就是上外附属的外国语学校，到时候去‘爸爸学校’读书不也挺好的吗？听说咱们年级有好几个打算报呢！对了，好像北外的综合评价也开始报了呢！”

“但是，自招不是用来冲刺更好的学校的吗？上外这种分数，我们就算裸考估计成绩也差不多吧？”孟遥想了想。

“可是，如果可以获得上外降分优惠的话，也就相当于预录取了呀，不就弥补你上纽大的遗憾了吗？”杨铭反驳。

“不对，我怎么知道我能不能通过最后的考试？那个是在高考之后呀，怎么能叫预录取呢？”孟遥还是感觉不太对。

于是，大家在思想火花的碰撞中，决定围在一起研究考试政策。

“妈妈，自主招生开始了，我准备报复旦啦！”乔玥一脸喜悦。

“行行行，你自己定。”

“说不定能过呢！正好可以弥补不能保送的遗憾！”乔玥满脸的憧憬，“原来上天自有安排。我本来就该去复旦的呀！保送反而拿不到名额。怪不得上天不让我保送，不然我岂不是错失机会了嘛！”

“写哪部书的书评呢？”乔玥在书橱旁站了很久，拿起一本书，微微勾起嘴角。一定要成功啊！

怀着满腔热情与执着，乔玥再抬起头时，已经凌晨两点了。可是她却不知疲倦，只知道自己多努力一分就离梦想更近一点。敞开的窗户吹进阵阵风，拂过乔玥专注的脸，让她猛地皱起眉头，狠狠地打了个喷嚏。

“我和你爸研究了所有学校的招生简章，觉得还是报上外靠谱。不过上外限报两所学校。报了上外，就只能再报其他一所学校了。”

“不能报北大了吗？”涟漪幽幽地问。

“别想那些没用的。报了过不了初审，白浪费一个机会。还是实际点吧。”

“可是……”涟漪欲言又止。

“我们同学有好多报复旦的呢！北大也有几个报名的。再说，自招不就是要冲刺更好的大学吗？”

“他们是他们，你是你！当然，你也可以报复旦。至于清北，就别再试错了。我跟你爸商量了，还是采取谨慎的策略，不要轻易浪费名额，报通过率最高的学校。对了，复旦要写一篇书评，你看看有没有时间写。不过，据说复旦的书评理论性很强。而且，通过初审后，复试时间长达一周。那样的话，你就没机会参加上外的复试了。”

“好吧。”涟漪想了想，最终还是妥协了。妈妈说的不是没有道理。现在同学们兴冲冲地报名，的确是出于初生牛犊不怕虎的自信。况且，这对于没有准备的同学来说只是尝试，而对于涟漪这种“经验型选手”，还是求个稳妥好。不然如果真的不能通过的话，几年来的战果都将付之一炬！

“要不剩下那个报上海交大吧。清北复交就差它了。而且，它的自招条件里还没有明确规定。”

“你不试试复旦了？”

“复旦要写一篇有质量的书评，最少要花三四个晚上。而且我不能保证一定通过，书评也不是我的长项……”

“好了好了，你愿意报哪里就报哪里吧。既然你不报复旦了，上外一定要报！你报上外优势很大。你们在上外附属的外国语学校。你在年级里英语又不错，比赛拿过奖，优势就更加明显。这是我们的建议，你自己好好考虑下吧。”

涟漪有点心乱如麻。如果早选择上外，为什么不在高中一开始就选择保送，拼绩点呢？为什么要像无头的苍蝇一样，到处参加比赛和乱七八糟的活动呢？只是为了追求所谓的综合素质？涟漪此刻的心已被北大勾走了。如果不能上北大，她甚至觉得上什么学校都一样！她的梦早就破灭了。

“这是上外的自招简章，你看下。要求个人陈述和外语申请，还要中学推荐，邮寄材料。我看程序还挺烦琐的。你还是早点下手吧。”妈妈对涟漪说。

涟漪低头想着什么，没有回答。她只感觉自己现在像一条咸鱼一样，对任何事都失去了激情，只好默默走进自己的房间，一头栽倒在床上。

“妈妈建议我报上外自招，我报吗？”涟漪给晓薇发出一条信息。

“报啊，为什么不报？”

“时间挺紧的，我怕自己写的不符合要求。”

“我保送的时候也是时间特别紧，三天写了近四千字的英文陈述。你也可以的，加油！”

涟漪放下手机，看了看自招简章，要求写五百字左右。她拿起手中的笔。这学期没学习英语的涟漪此刻只感觉大脑空空。她有些苦闷地咬着笔。

“晓薇，有啥建议不？”涟漪继续向晓薇求救，感觉自己不能完成此次任务。

“第一点，可以阐述为什么选这个专业。要表达出你真的热爱这个专业，并且说出自己的实力，告诉老师自己就是学校需要的人才。第二点，关于自己实力的叙述。可以把自己的经历叙述，扩展成自己的收获叙述。不能简单陈述自己干过什么事情，重要的是你从中学到了什么。而这一点是老师们希望看到的，也是了解你的一个窗口。最后，可以说一下自己的综合素质与学校的校训、学校精神之间的结合；表达出你真的了解这所学校的文化内涵，也算是结尾的升华部分。不过校训和精神这种东西，最好在每一段都有所体现，渗透在文章中，紧扣主题。”

“大致思路就是这样，也是我写申请的方法。你赶紧加油写吧！”

涟漪还是听得有些懵懵的，迟疑地拿起手上的笔，缓缓落下。

终于，在经过一个多小时的挣扎后，涟漪写出一篇申请。

Multilingual ability serves to widen our mind and open a marvelous window towards the grand outside world, bridging communications between people from different countries.

Like most of my peers,I started learning English at a very early age. The simple words I memorized and the beautiful ballads I sang buried the seed of curiosity and passion for foreign languages in my young innocent heart. For me, language is a kind of art. In primary school, I performed well in every English test, which further deepened my interest in English and later became a dominant reason for my enrollment in NO. 1 Foreign Language School.

The seven years in middle school blessed me with access to various activities.I did careful research in the phenomenon of internet celebrities around us and compiled my research into an English speech, which I delivered in school and was later published in a domestic magazine "Years of Youth". The writing seminar I attended let me feel the happiness of information sharing. Through imparting writing skills to little children and their parents,the idea of becoming an English teacher in the future gradually emerged in my mind. That is why I am applying for the English teaching major.

My passion for English pushed me to attend FLTRP Cup National English Competition, the preparation process of which made me enhance my overall English ability, for I thoroughly read many relevant books. Just as the school emblem of SISU illustrates, l searched for the knowledge earnestly. During the final round of competition ,I made a speech on "the belt and road", which has become a hot issue under the current trend of globalization. My study on this topic made me deeply realize the close correlation between Chinese economy and the world economy.Thus, the importance of language has been emphasized, and my dream of taking language as my future major became more resolute. Lessons in SISU will certainly endow me with international vision. Besides, my spirit of perseverance echoes with the school motto: Integrity, vision and academic excellence.

SISU has always been my dream school. I am deeply attracted by its open international atmosphere, heavy cultural foundation and strong contemporary spirit. Entering SISU is like starting an internationalized life, which is what I wish to have.

As a member of the Chinese Teenage Writer Association, I' ve always been reading novels and books in Chinese and English, the childhood habit that I still keep with me today. I have long been yearning for furthering my study in the English major, roaming the world of literature through more extensive reading, to take the essence of English novels in their original editions and bettering myself persistently in the coming years. Besides spreading the charm of the English language to future generations, I wish to pursue my hobby of writing in both Chinese and English to achieve the international cultural exchange.

I hope to get into SISU, for it is bound to make me a more cultivated talent that better serves the society' s need.

她疲惫地揉揉干涩的眼睛，关上电脑。此时，她已经累得不想再发给晓薇检查了，匆匆誊写到稿纸上，赶紧开始补还没有做完的数学作业。想想没有按时交作业时方老师的样子，涟漪吓得缩缩脖子。

“同学们，报自招需要盖章的注意了，最晚本周四交到年级组长那里。”班主任在台上讲着。

“另外，今天复旦、交大、同济综合评价的招生简章已经发出来了。后面其他几所学校也会陆陆续续发出来。大家可以准备起来了，具体信息还是在特殊类型招生报名平台上。建议大家把这几所学校都报上名，多给自己一次选择的机会。不报名综合评价的同学，到我这里拿单子，也签好放弃报名的字。”

“寒假过后，就是报名报名，考试考试，申请申请。我都没心思学习了！”花池大叫一声，趴在了桌子上。

花池这么一嗓子，好像正说到大家的心里。顿时，教室里弥漫着一股浮躁的气息。

苏阳拿起卷子，瞥了花池一眼，淡定地坐到座位上，开始做题。四月的阳光掠过苏阳的脸颊，明媚而专注，和浮躁的气息形成鲜明的对比。

不一会儿，这种对比就更明显了——于老师刚走，艾歌就跳到讲台旁放 ABC 女团的新歌。整个教室的气氛达到高潮，好像深夜的蹦迪现场。

“休息会儿吧。整天学习，放松一下头脑！”艾歌坐到讲台边，“整天写申请，气氛太压抑了！”

“我们看点好笑的吧！放歌动静太大了，一会儿被巡视的教导主任发现就不好了！不如看看综艺节目，这一期的特别好笑！”孟遥也蹿到大屏幕前面，冷落了写到一半的综合评价申请。

但是，被巡视的教导主任发现，与正在放什么无关。综艺节目刚放了不到十分钟，教导主任的头就出现在走廊的窗户外面。

“谁放的？”教导主任压低声音，沉着脸走进来，啪啪拍了两下讲台。

艾歌偷偷白了教导主任一眼："我。"

"其他同学继续自习，你跟我出来。"

四月的走廊还带着些许寒意，艾歌不禁打了个喷嚏。随后心里一惊：天呀！不会是感冒的乔玥传染给我了吧……乔玥好像是病毒性感冒，还发低烧来着……

"还有一个月就要考加三科目了，你怎么还在教室放视频？"教导主任沉着脸，"几乎每一次我路过你们班教室，你们都在放片子看！都什么时候了？真是不知道着急！我跟你们班主任说过，让她管理一下。看来没有效果！"

艾歌不禁回想起于老师那几句不痛不痒的"大家不要放片子了""大家赶紧学习"等诸如此类的话，又翻了个白眼。

"你什么态度？我在教育你！你还翻白眼？这可是对师长不敬！"教导主任气得脸都红了。

"我没有翻你白眼，只是想到了疏于管理班级的班主任。你误会了。你说的我知道了，能走了吗？"艾歌并不惧怕教导主任，只想早点回去接着看刚刚的综艺节目。

"疏于管理班级？你们不自觉，还怪到班主任头上？"

"行行，是她太年轻没有经验，不是她的错！"艾歌突然笑了，"可是，我们也是第一次高三，也没有经验，主任是不是也该体谅一下我们呀？"

"听了主任的教育真是如沐春风，令我迷途知返，痛下决心洗心革面，重新做人。我一定会谨记主任的金玉良言！"艾歌深深地鞠了一躬，"高三时间紧，我先回去了。"

“这……这孩子……”教导主任狠狠地摇了摇头。

不等教导主任反应过来，艾歌就大跨步走进教室，有些不开心地关掉网页。虽然嘴上并没有屈服，但是也不敢在行动上太过嚣张，免得教导主任再次杀回来逮个正着。尽管如此，艾歌嘴里还是不情愿地嘀咕着：“既然不能看视频了，还能找什么乐子呢？”

“要不我们偷偷点外卖吧？”花池突然抬起头，露出贼兮兮的窃笑，“到高三以后，我爸妈怕我吃坏肚子影响学习，坚持做绿色的饭菜，导致我都没吃过几次大餐！我都快馋死了！”

“好主意！”孟遥也回想起自己高三以来妈妈在饮食上的小心翼翼，“我在家里好像连油炸的都没吃过几次，好像连吃肉的次数都变少了！”

“学校不是禁止点外卖吗？而且教导主任刚教育过你，要是你点外卖又被抓到怎么办？”木清华有点担心艾歌。

“怎么了？我都高三了，她能拿我怎么样？”艾歌底气十足，毫无畏惧，一脸“我是重点保护动物我怕谁”的样子。

“来来来，赶紧的！吃什么？意面，比萨，沙拉，麻辣烫……好多可以送来的！”艾歌接着兴致勃勃地张罗起来。

“我还想吃鸭脖、奶茶和大阪烧！要不我们再拉几个人一起，这样就能都点了！”

“好的好的……”

但是，一向活跃的乔玥却在自己的座位上安安静静的，没有加入她们。

不是因为乔玥突然转性了，而是因为她病了，开始发低烧，什么胃口都没有。但是她又不得不坚持上课。高三如果落下课……她简直不敢想象。她不能允许自己的人生有想做但做不到的事情。她再一次焦虑起来，开始回想：难道是回家熬夜学习太拼命了，因此身体免疫力变低了？

妈妈为了她都辞去了工作，而她的成绩也终于在高三开学时有所好转，她又怎么舍得让这一切付之一炬呢？但偶尔还是会事与愿违，她只好加倍努力以维持现在的名次。有时候白天时间利用率不高，晚上为了弥补只能熬夜学习，导致恶性循环。但哪怕白天学习得再好，她也总是想着能再多学习一分钟就好了，哪怕真的只有一分钟——只要我不睡觉，今天的学习时间就会无限延长，我就更有可能超过别人，实现我的梦想！

会是这个原因吗？导致免疫力下降感染病毒性感冒？乔玥不知道，只感觉现在自己的头还是晕晕乎乎的，像喝醉了酒一样。

涟漪妈妈看着阶梯教室里黑压压的一群人，心中只剩下无奈——高三的每次家长会似乎都是这番场景。明明还有半个小时才开始，可是面前的家长们仿佛都在无声地大喊着自己对于孩子高考的重视和担心。涟漪妈妈再一次看了看昨天家长群里的消息：

“@所有人：根据学校安排，4月20日（周五）15:15，在学校四楼阶梯教室召开高三年级家长会，关于综合评价招生以及高考志愿填报工作。会议重要，请勿缺席。”

家长群里已经为填报高考志愿的事情炸了锅。涟漪妈妈心里也一阵焦急：都要填报志愿了啊！高考已然近在咫尺。

“涟漪妈妈？”一个熟悉的声音从耳边响起。

涟漪妈妈转身，杨铭妈妈的身影映入眼帘：“听说香港中文大学（深圳）也开始报名了，属于提前批。你们打算报名吗？”

“我们不打算报名了，太麻烦。主要也怕她没时间写申请。”涟漪妈妈想了想。

“我给杨铭报上了，也不知道他是不是来得及写。对了……”

杨铭妈妈还想说点什么，教导主任却在这时走上讲台。台下立刻鸦雀无声，像班主任正在训话时的小学生教室。教导主任调试了一下话筒：“好，时间差不多到了，我们的讲座马上开始。”

她整理了一下手中的资料，大致翻了几下，抬起头：“今天我们讲一下高考志愿填报的内容，至关重要！各位家长集中注意力。错过任何消息，都会增加一分风险！”

讲到这，涟漪妈妈和杨铭妈妈不由自主地身体向前倾，似乎这样能更快地接收到教导主任的信息。

“上海高考在出分后填报志愿，避免了盲目性。

知分，知线，知位，基本没有报考不当的现象发生，只要服从调剂就不退档。

知分，就是知道考生的高考成绩；知线，就是知道本科线和自招线——自招线也就是原来的一本线；知位，就是知道考生高考成绩分布表，就是你的分数在全市的排位。”

教导主任没有一句拖沓，精炼的句子像是早已印在她的脑海里。她抬起头，看看台下的家长们，继续讲下去：

“本科招生院校依据各专业提出的科目要求和学科特性，将所有在沪招生专业归并分置为若干个院校专业组。考生填报本科志愿时，要将一所院校设置的不同院校专业组视为不同院校。一个院校专业组就是一个独立的志愿。

应当按照‘分数优先、遵循志愿、一轮投档’的平行志愿投档原则，将考生先按高考总分由高到低排成一列，挨个检索每一个考生填报的院校专业组志愿，依次进行投档。值得说明的是，要特别注意高校的录取规则。录取规则有三种：

1. 分数优先：按照考生成绩从高到低的顺序，依次满足考生的专业志愿，即优先满足高分考生所填的专业，相对高分考生被退档的可能性较小。

2. 志愿优先：按照专业填报顺序排列，优先录取第一专业志愿的考生，尽可能满足有专业取向的考生。

3. 专业级差分：综合考生成绩与专业意向的录取模式，如录取规则注明‘311’，是指考生若专业一志愿未录取，则在专业二志愿时需先降 3 分后，再与其他将该专业填为一志愿的考生进行成绩比较录取；若二志愿也未录取，则在专业三志愿时再降 1 分，与其他将该专业填为一志愿的考生进行成绩比较录取，以此类推。”

台下的家长开始窃窃私语。第一次听高考志愿填报的家长们，似乎还没反应过来。

教导主任好像看出了大家的迷茫，紧接着说：

“另外，为防止掉档，要根据自己的综合实力和兴趣理性填报志愿，遵循‘冲一冲、稳一稳、保一保’原则。最后，避免退档。看清专业要求，平行志愿招生项目中，根据其特点，应当选择‘愿意调剂’。”

教导主任环视了一下会场，很贴心地调出了一张 PPT，上面写着：

官方网站：上海招考热线（www.shmeea.edu.cn）

官方微博：上海国子监（weibo.com/shmeea）

平面媒体：上海中学生报·高招周刊。

“大家可以关注上面的网站和微博，会第一时间发布有关高考的信息。另外，大家不要担心。家长会后，学校会组织学生在机房通过辅助填报系统进行模拟填报，让学生反复演练并学会填报志愿。”

可是，涟漪妈妈迷茫的眼神并没有因为教导主任的宽慰而改变：“听上去很复杂，分数优先，志愿优先，专业级差分。回去要好好研究研究。”

“是啊，就要开始考虑填报志愿了。我给杨铭报了港中深，多几手准备。他最近状态很不好！动不动就打游戏、玩手机……这样下去，可怎么办啊！”

“涟漪也状态不好！不知道她在想什么……反正，开学后懈怠得很！”涟漪妈妈像一下子找到了知音般，疯狂点头。

一旁热心的木清华妈妈也加入了她们：“刚开学时，我跟涟漪妈妈说要多沟通，找到真正的原因，结果怎么样呀？”

涟漪妈妈想了想：“我好几次想找她谈谈，但是她好像对我已经有厌烦情绪了。我没说几句她就不想听了。”

“杨铭也不听话，我都想随他去了。”

“你们是不是用说教的方式比较多？”木清华妈妈想了想问题的根源，抬起头问。

两个妈妈一致点头：“不说教怎么办呢？怎么才能听得进去呢？”

“既然想和他们沟通，最能让人接受的方式是平等对话。毕竟从上到下的气势总有些压迫的意味在里面，更容易激发孩子的厌烦甚至逆反心理。”

“木清华妈妈，你懂得好多啊！”杨铭妈妈眼睛都亮了，“怪不得木清华被你教育得那么好！”

“其实也谈不上教育，我平时也不怎么管她。你们也要给孩子多一点成长空间，不要过多干涉，反而能让他们更清楚地认识到自己想要什么。”

“何况，现在已经进入高考前夕了，更要让孩子调整好心态，最好不要产生家庭矛盾。强权管理下的孩子更容易产生心理问题。”

涟漪妈妈陷入沉思，反思自己是不是对涟漪过于强权教育，干涉过多，自以为是了些。

回想起之前，涟漪情绪一天天低落，自己却觉得是她懈怠了，还因此惹了不少战火出来，涟漪妈妈就一阵后悔，打心里着急，甚至到处搜集缓解高考焦虑的书。

“涟漪妈妈呀，高三下学期主要拼的是心理素质。最后的几个月，成绩提升空间已经不是很大了，主要看发挥和心理素质。心理素质好，发挥好，成绩高出二三十分不是没有可能；心理素质差，也可能会低三四十分。所以，家长一定要调整心态，时刻关注孩子情绪的变化。”

感激地谢过木清华妈妈，涟漪妈妈对前段时间对涟漪的态度很愧疚。她不知道，自己无形中的焦虑和言语，成了压垮本就焦虑的涟漪的最后一根稻草。

“涟漪，你能讲讲冬令营的时候发生了什么吗？”晚上八点多，妈妈试探地走进房间。此刻，涟漪正眼神涣散地盯着课本。

“冬令营？”涟漪先是一脸迷茫，后又好像想起什么似的烦躁地转过头去，似乎拒绝和妈妈交流。

妈妈有些着急，心想：没发生什么，你的学习状态怎么变化这么大呢！但还是耐下心来，声音尽量柔和一些：“你们都干了什么呀？”

“开始几天讲课，穿插着考试，最后一天面试。你不是知道活动安排表的吗？”涟漪一副懒得解释的样子。妈妈丝毫没有突破。

“上课好玩吗？”妈妈似乎还想问出点什么。涟漪两个“还行”把妈妈剩余的话堵了回去。

“涟漪啊——”妈妈不得不坐下来，“就算没有评上优秀营员也不要紧啊，评上的同学也没有什么奖励呀！最多可以通过自招初试。但是，你现在的条件也够通过。所以，现在问题在你的高考分数。你应该赶紧提高自己的成绩。不然，北大就算给你降分你也到不了分数线。”

涟漪没有动。虽然妈妈的话很有道理，但她还是感觉心里闷闷的，就连自己也不知道为什么。确实，去之前她也没有抱着能有什么结果的心理，只是想体验一下。或者涟漪心里更深的想法是：整天在学校上课烦了，正好有个正当理由出去换换脑子。

但是，后来为什么被深深地吸引了呢？是因为真正地感受到了人文的魅力，还是与园子中历史的气息相呼应，产生了一种微妙的联系呢？

涟漪不知道，只知道自己做了一个美妙的梦。但是，她不愿意醒来。只可惜，梦终究是碎了。

涟漪妈妈不想让第一次尝试有效沟通就铩羽而归，赶紧点开一个清北自招群，搜出一个妈妈的分享：

“自主招生只是锦上添花，不是雪中送炭。如果你能通过自主招生，那么你裸分也能考进。如果你裸分考不进，那么你也很难通过自主招生。不要存着侥幸心理报名。”

“你看，这就是为什么你们学校报复旦自招的同学全军覆没，而报上外自招的进了好几个，包括你。”妈妈结合实际再接再厉，“原因是你们裸分也能考上上外，还是要稳扎稳打地提高成绩，这样心里也踏实。”

涟漪想想，似乎也对。自主招生不过是另一场考试，高校最关注的还是成绩。涟漪想起来，自主招生申请表的第二页就是成绩信息，从高一上到高三上五个学期的各科成绩和年级排名。不仅看成绩，还要看成绩的稳定性。

涟漪苦笑一声。具有某方面特长的学生真的是高校想要的吗？像涟漪这样降三四十分才能考上北大的人，定然是要被北大拒之门外的。

之前听说北大自招要成绩排名在前1%的同学，看来是真的。优秀营员的评选应该也是结合高中成绩和排名综合打分的。看看暑假特训营里认识的几个好朋友，似乎一个都没有进。涟漪这么一想，心里似乎平静了很多。

涟漪想起曾经在《自控力》中看到的一段话：自我批评会降低积极性和自控力，而且也是最容易导致抑郁的因素。相反，自我同情则会提升积极性和自控力。

或许是前一阵子的涟漪一直沉浸在对自己的苛责之中，越来越讨厌自己，最终变得颓废、萎靡。在当初的理想和热情破灭，经历了一段情绪低迷后，现在的涟漪终于回归实际。美梦碎了就碎了吧，我们终究不能活在梦里。

涟漪振作起精神，安慰自己：全国大部分学生不也是拼裸考吗？成绩才是王道！只不过自己把艺考、保送、提前批、自主招生看得太重了！乔玥、孟遥不也都是裸考吗？那么，我和她们又有什么不同？只是因为自己比她们多拿了几张比赛证书吗？是自己定位错了，在眼花缭乱、名目繁多的考试中迷失了自己，梦想着能考进超出自己水平的学校。努力，凭裸分考上理想的学校！涟漪在心里默默下定决心。

涟漪拿出一张纸，开始一科科地整理复习计划：

语文：务必将课内的文言文全部背过，与课外内容融会贯通，掌握知识点；修改整理出自己之前写过的 10 ~ 20 篇不同主题的文章，方便在考场修改后成文；整理作文素材和名人名言，牢牢记住……

数学：每周把错题做一遍；不会做的题目由李老师负责讲解知识点；并做上标记，后续进行第二遍错题扫盲，直到无盲点为止……

化学：整理之前的模拟卷；再看一遍书和考纲，确保书上无盲点……

写下学习计划后，涟漪并无时间休息，第二天便马不停蹄地赶向下午上课的长宁区。下午要上的语文课是木清华妈妈推荐的，杨铭也在那里上。老师是复旦大学毕业的，不是在职老师，但讲课生动有趣。

“各位宝宝们，周末快乐！”老师一上讲台，就亲切地和同学们打招呼。老师三十多岁，姓杨，穿一件随意的连衣裙，看上去和蔼可亲。

“对了，这周的热点，大家都看了吗？”杨老师一上来，就勾起了大家的兴趣，“一篇名为《××创始人套现 15 亿：你的同龄人正在抛弃你》的公号文刷屏，再次渲染了朋友圈的焦虑氛围。”

大家在下面窃窃私语。

涟漪想起来，这是周五晚上妈妈给她发过来的链接。在涟漪印象里，妈妈特别喜欢看这种毒鸡汤。而且，不仅自己喜欢看，还经常转发给涟漪。本想让涟漪像打了鸡血一样去战斗，奈何事与愿违，涟漪通常选择忽略。

杨老师点开一张 PPT：“贩卖焦虑，不过是‘伪成功学’的变体。如今，各种叫卖成功学书籍的广告越发式微。各种鼓励加班的职场鸡血‘军规’，也遭到人们的普遍反感。贩卖焦虑的文章之所以能够盛行如此之久，在于这些内容披上了‘人文关怀’的外衣，来刺激人们内心的痛点，把大家的思想往死胡同里引。”

杨老师看了同学们一眼：“大家对这件事情怎么看呢？我们先来讨论下社会热点。”

“哎呀，人家 ××× 怎么就成功了？人家 2016 年成立 ×× 公司，才两年时间，就套现 15 个亿啊！你行吗？这可怎么办？我太焦虑了，太焦虑了。我这辈子都赶不上 ××× 了……”杨铭天生就是一个表演极品。一阵抓耳挠腮的阐述后，逗得大家哈哈大笑。

“大家有没有这种焦虑感呢？”杨老师反问大家。

同学们若有所思。

“其实，任何一个时代与社会，都存在不同的焦虑。在社会的转型期和改革深化阶段，利益诉求多元，矛盾集中显示，焦虑一词的出现也显得更为频繁。”

“焦虑是客观存在的，但贩卖焦虑就不对了。对这些焦虑背后所隐藏的诸多现实问题进行批评与反思是对的，但利用这些焦虑编造故事、制造恐慌，却会使问题的实质被掩盖，让大众被动地跟着焦虑情绪走。渲染焦虑会带来诸多的负面效应。哪位宝宝来说说，这种负面效应都有哪些呢？”

“比如，年轻人会在焦虑中放弃奋斗，随波逐流，不再努力。在90后中广泛流行的丧文化，就是年轻人对焦虑与恐慌的一种本能对抗。”木清华站起来回答。

“好，清华宝宝回答得非常好。”

“毒鸡汤渲染焦虑的可怕之处，是打破了隐藏在人们内心的、可贵的平等精神。而所谓平等精神，就是尊重个人选择，不对别人的生活模式指手画脚，尤其是别对别人的‘自得其乐’指手画脚。人们在选择生活方式时，要懂得辨别哪些是有益于让自己变得更舒适、从容的，哪些是加剧自己焦虑与恐慌的。在接收外界信息时，内心不妨强大一些。要记得选择的权利永远是掌握在自己手里的，别让一些无趣的焦虑乘虚而入。”

“内心失衡了，也就渐渐不幸福了。”涟漪默默地想。

“好了，接下来，我们讲下虹口区的作文：‘佛系’……”

杨老师强大的魅力在于，她那精彩绝伦的课，即使在课后也会不断让人回味起来。

在应试上，除了各式各样的答题模板之外，杨老师会针对每个专项给出多种应用示范。在深入了解的同时，可以对比不同情况下应用的差异。而在整体的人文素养上，杨老师每节课都会讲作文主题人物，走进大师的世界；也会结合时事热点进行案例分析，从多个角度看待问题，提高同学们思想的深度和广度。

已经周一了，涟漪还意犹未尽地翻看着前几天上课的讲义。只是，突然一声叫喊打断了涟漪的思绪。

“涟漪，化学老师让你去办公室找她！”孟遥和韩逸手中拿着化学题目。两人似乎刚和老师探讨完毕。

涟漪赶紧放下手中的语文讲义，立马感到大事不妙：寒假之前主攻英语，剩余力气分给了语文数学，对小三门不太关注；而开学之后一直情绪萎靡，被迷茫感吞噬，涟漪更是无暇顾及化学，导致了现在惨痛的现状。

想想昨天晚上不太会做的作业，涟漪的心里隐隐萌生出一种被方老师找谈话的恐惧感，尽管方老师在讲题的时候并不会批评同学。那种恐惧，更像是一种对于绝对实力所带来的权威的敬畏。

涟漪只得拖着沉重的步伐出现在化学老师面前，尽管希望渺茫，但依旧期盼着能被“无罪释放”。

“昨天作业的题目错得有点多，我给你讲一讲。”化学老师翻开涟漪的练习卷，指着卷子，“你看这道题，上次小测验有过类似的，是不是没有总结？”

化学老师并没有停顿，继续讲了下去，讲到兴奋处，不禁大声感叹：“你看，化学真的没什么东西！有什么可难的？就是方程式和解释需要背一背，剩下的推断题也总归是这点套路，感觉就像一门文科！你文科学得好，化学也肯定没问题的！”

原本涟漪听了老师的讲解豁然开朗，现在却反而有些懵，还在回味着那句“文科学得好，化学也肯定没问题”。

“你回去再好好看看化学书，自己总结一下，应该是没有什么难度的。”

想想刚刚豁然开朗的感觉：嗯……知识之间，或许真的是相通的呢……或许，真的没有什么难度呢。

“最后一阶段了，就是好好看书，总结之前做过的题，万变不离其宗。涟漪好好加油啊！”

涟漪心里好像突然间有一个与众不同的种子，正在悄悄生长。或者说，这颗种子一直都在，只不过在今天被激发了。只为那句“文科学得好，化学也肯定没问题”。

看上去没有必然关系的一句话，涟漪真的信以为真了啊。

第十章

等级考试

高三教给涟漪的是，不到最后一秒，人生就永远拥有无限可能——不要在意曾经的失败，不要后悔曾经浪费的时间，只管往前冲！

4月29日 距高考还有 39 天。

这是涟漪在寒假开学后第一次看到五点钟的清晨，她的心里五味杂陈。上课睡觉，中午睡觉，晚上十点半休息……一幕幕场景掠过涟漪的眼前，一丝悔恨涌上涟漪的心头。

这两个月我都做了什么！看上去是梦想破灭，可哪知道，但凡尘埃落定之前，都有扭转乾坤的可能性！而一蹶不振只会无限降低这种可能性，导致最终无法挽回的结局。

但随后，一股久违的感觉席卷全身——那是一种透着期待的兴奋，是一种浑身充满能量的信心。

涟漪翻开化学书，想到化学老师那句"化学真的没什么东西，有什么可难的"，露出一丝自己都没有察觉的笑——卷土重来未可知！

高三教给涟漪的是，不到最后一秒，人生就永远拥有无限可能——不要在意曾经的失败，不要后悔曾经浪费的时间，只管往前冲！

涟漪把所有的卷子翻出来，疯狂地刷着卷子，重做错题。然后拿起教科书，把那些被遗忘在角落里的知识点一个又一个地拾起，就像曾经沉睡着的小动物们在春天揉揉眼睛，清醒过来。

“这是什么？”花池盯着教室门口抱着箱子的木清华，“都要等级考了，还有什么东西要发？”

“还有饼干！”木清华艰难地大喊一声，咚地把箱子放在讲台上，“为了让大家有好运，老师让我用班费给咱们买 A+ 饼干，顺便把好运分给大家。”

“哇……无私的木清华……”杨铭由衷感慨。

涟漪审视着发到手里的饼干。一个普通的圆形饼干中心，用巧克力印着 A+，让饼干立刻变得与众不同起来。就好像一个刚出生的小孩本与他人无异，可是显赫的家世与特殊的地位立马让他脱颖而出。

涟漪准备带回家吃，刚打算放到书包里，就听见啊的一声惊呼。

林雪弯腰从地上捡起饼干，失神地喃喃自语：“我的饼干碎了……我是不是没有 A+ 了……”

涟漪心里一激灵，连忙把饼干塞到嘴里。

此时的饼干，更像是一种精神寄托。

林雪感觉心里像压了一块石头，右眼皮一直突突地跳，似乎有什么不好的事情要发生。而此刻，正是暴风雨前最可怕的那片宁静。

5 月 5 日，距等级考还有 2 天。一切看起来都那么平常，却又暗潮涌动。

林雪烦闷地呼出一口气，把碎掉的饼干丢进垃圾桶。

破财消灾，说不定是饼干和玉石一样，帮我挡掉了坏运气，所以才碎的。饼干里吸收了坏运气，不能吃了……

林雪嘀嘀咕咕，疑神疑鬼，内心不安。

突然，教室大屏幕上播放出最新一期的综艺节目。整个教室的气氛再一次活跃起来，只有乔玥在一旁痛苦地咳嗽两声。

感冒转成了肺炎之后，乔玥每天放学后都要去挂水。这让她每天又多耽误了那么多时间。她心里着急得很，毕竟距离等级考试只剩下不到一周的时间了。她自己也不知道是生病赶快好了要紧，还是拼死多看几页书，多做几道题要紧——就像一些没有复习好的同学，总是选择在考前通宵一般。

怎么还不好转呢？而且似乎还有恶化的倾向……乔玥郁闷地喝了一口止咳糖浆，却依旧选择翻开错题本继续复习。

而艾歌看着大屏幕上的综艺节目，似乎一点也不着急，也并没有记住教导主任三番五次的话。

“大家不要紧张呀。来来来，放松一下！调节一下恐怖气氛！”

“艾歌，后天就要考加三科目了！”孟遥此时也不围上前去了，“现在可是黄金复习时间！”

“真是的！现在可是我杨铭知识容量的陡崖式上升时期，经不得半点干扰！”杨铭也喊了一句，戴上耳塞，眼睛依旧死死盯着历史书，随后又叽里咕噜地背起来。

“我都快要被教室里压抑的气氛闷死了。我说呀，你们再这么紧张下去，难道就不怕考试的时候大脑一片空白吗？”虽然嘴上这么说，不过艾歌还是识趣地关了，“你们不要这么安静！这种气氛好可怕啊……”

“好吧，那考完小三门再放歌，我艾歌绝不允许大家的心理出现问题！”艾歌露出灿烂的笑容，“像我这种这么会调节气氛的同学只应天上有……”

“你不着急吗？你整天这么嗨，假如高考考不好怎么办？”联想到艾歌接近垫底的成绩，还天天这么快乐，花池有些疑惑。

“我爸对我的要求是考个一本就行了，假如连一本都考不到就出国呗。”艾歌说得云淡风轻，“总归有学校上，就是好一点差一点的区别。你们也是一样啊，高考失利还能出国，没必要这么紧张吧？搞得我都浑身不自在……”

“可是——”花池突然想到了自己，愣了会儿，“高三仅仅是为了高考，为了上一所大学吗？不更应该是一种追逐自己梦想、完善自己的过程吗？”

“梦想？”艾歌露出一丝苦笑，“如果我说，我的梦想，是当明星呢？”

看着花池一脸错愕的表情，艾歌笑得更加凄惨了：“我永远不可能实现我的梦想的。我跟你们，本来就不是一路人。”

“那你为什么不去艺考呀？考个北影、上戏这种的，不就能实现你的梦想了吗？”

“我会不知道吗？”艾歌反问一句，感到有点好笑，“我们家那种样子，是绝对不会让我……”

“算了，你当我没说。”艾歌发现自己说得太多了，赶紧挥挥手，随后趴在桌子上，表示交谈结束。

花池倒是觉得艾歌更加神秘了。

即便万般不情愿，等级考的日子还是如期来临。

“别紧张，我们可是有过两次高考经验的人！”在考场门口，涟漪爸爸拍拍涟漪，活跃气氛。

“好的。”虽然嘴上这么答着，但是心里还是有些忐忑，毕竟加三科目并不是涟漪的强项。

看看可以入场了，涟漪便随着人流向前走。涟漪猛然看到自己前面是同班同学乔玥：“乔玥加油呀！”

乔玥回过头，脸色苍白：“涟漪，你也加油。”她的声音很虚弱，好像随时都会倒下去一般。

涟漪本想走上前去，关心一下乔玥。可是人流拥挤，没一会儿就把乔玥冲到远处去了。涟漪只好赶紧看看自己的考场号，对照着墙上密密麻麻的号码寻找自己的考场。

乔玥感觉胸闷，浑身都没有什么力气。

低烧没有退，咳嗽也没有好，还有隐隐的眩晕感。她总感觉不太对劲。但是，如果现在去医院，高考总分就要少三十分，肯定要复读一年了吧……乔玥感觉头重脚轻，被人流挤得东倒西歪，终于进了考场的校门，便停下来喘两口气。

一个腿上绑着石膏的同学被家长用轮椅推到考场。随后监考老师接过轮椅，把那名同学向里推去。交接过程麻利迅速，一切显得再正常不过。

这种事情，高考考场上见多了吧，我有什么理由放弃呢？乔玥，你一定要坚持住！别人可以，为什么偏偏你不行？

她那股不服输的火苗燃烧着她的整个大脑。于是，她坚定地走向考场——就一个小时而已，一会儿就过去了！

涟漪拿到化学卷子时大概扫了一眼——如果说去年的卷子是小学算术难度，那么今年的卷子就是高数难度。涟漪想过今年的卷子会变难，但没想到今年的卷子难度上升这么大。

涟漪心生一丝慌乱，尽管在化学上下了很大功夫，但也只是相比其他科目而言，踟蹰不前的日子仍旧给她托了后腿。但她很快稳定住自己的情绪，调动出化学老师讲完一道题之后的感叹："化学真的没什么东西，有什么可难的？就是方程式和解释需要背一背，剩下的推断题也总归是这点套路，感觉就像一门文科！"

化学是一门文科，文科学不好就是因为不用功。我在考前两周真的很努力，所以我学得挺好的，不要害怕！

逻辑漏洞百出的一番话，硬是让涟漪通过强大的心理暗示骗过了自己。而涟漪最擅长的，就是自己骗自己。

乔玥已经有两道题不会做了，可是看着卷子，才做了三分之二。她突然有些焦急——怎么今年的卷子比去年难那么多呢？

可是，就在焦急的感觉涌上来的一瞬间，乔玥只觉得心脏一阵绞痛，视线也一下子模糊起来，随后漆黑一片。

咚！头撞击在桌子上的声音。

监考老师猛地站起来，跑过去拍了拍，乔玥毫无反应。监考老师有些慌，连忙叫来另一个监考老师："有同学晕倒了！你去联系一下急救人员，我继续监考。"

"你听说了吗？乔玥在考试的时候昏倒了，然后被人用担架抬走了！"考完后的花池有些担心地问大家。

"听说了！好像结合急救医生和乔玥妈妈的描述，初步判定是心肌炎……"孟遥也围了过来。

"天呐！心肌炎听上去不像是小毛病啊！和心脏有关呢！"韩逸也很惊讶，"她不知道自己得心肌炎了吗？竟然还参加考试！多危险啊！也不知道现在怎么样了……"

"不知道。听说年级组长当时一直在场，我就问了她。她说乔玥现在还在 ICU 呢，但是让我们专心准备自己剩下的考试，不要受影响。"杨铭突然抬起头，插进一句，"不过，乔玥竟然为了考试，连命都不要了……"

涟漪突然想起，进考场前乔玥苍白的脸和虚弱的那声"涟漪，你也加油"，突然有一种什么东西飘散在空中，怎么抓也抓不住的感觉。

可能只有当危难发生在身边的时候，才能更直接地感受到生命的脆弱。

假如乔玥醒不过来了，假如那真的是乔玥生命中的最后一个小时了……她，一定会后悔自己毅然决然地走进考场吧。

乔玥只觉得眼前有一道刺眼的光。她不舒服地眨了几下眼睛，缓缓睁开。

雪白的天花板让她有些怔住，随即而来的是身上的异样感和头痛。她轻轻活动几下，才发现原来身上还在输液。

怎么在医院呢？乔玥恍如隔世，努力回想着，却记忆模糊。

好像是在化学考试时，第三大题做了一半，然后心脏一阵绞痛，随之而来的窒息感吞噬了她。她一下子不受控制地撞在桌子上，然后什么都不知道了。

考试怎么办？乔玥想挣扎着爬起来，甚至想像电视剧里一样霸气地拔掉身上的管子，回去复习其他的几门。可是浑身的无力感让她只能微微动弹。

医生走了进来，看到乔玥醒后有些惊喜："太好了，小姑娘醒了！"随后又心有余悸地嘱咐："高考固然重要，但是命更要紧呀！多休息休息，千万别再这么冒险了！"

"医生……我怎么会晕倒呢？"乔玥到现在还一头雾水。

"心源性休克，是病毒性心肌炎引起的。"医生简练地回答，随后又很惊讶地问，"你不知道自己得了心肌炎吗？"

乔玥迷茫地摇摇头："我最近确实觉得心脏很不舒服，但是马上要加三高考了，我也没有时间去医院看……不过，我怎么会得心肌炎呢？我之前只是感冒……不，后来变成肺炎了……"

"天呀！以后可千万不能这么一直拖着了！病毒性感冒的最坏结果就是恶化成病毒性心肌炎！而导致你昏倒的心源性休克，死亡率特别高。你能活过来已经是万幸了！"

乔玥还沉浸在惊讶中，一时发不出声音：原来，我差一点儿就死在考场上了……

“小姑娘，真的什么都没有命重要。实在不行可以再复读一年，可是生命只有一次啊！”

妈妈也在这时破门而入，一把抱住乔玥：“乔玥啊，以后千万别这么冒险了，大不了我们明年再考……你可千万别出事啊……”

乔玥怔怔的，愣在床上，半晌垂下头去。

第十一章

模拟志愿

或许，我们在失去梦想后，再次鼓舞、激励我们开始重新奋斗的，并不一定是执拗地坚持曾经的梦想。忘记后的重新开始，可能会让我们对自己有更彻底的认识，给我们更好的答案。

5月9日 距高考还有29天。

只有几个人在窃窃私语，剩下的只有噼噼啪啪的打字声。

涟漪坐在学校机房的电脑前，机械地输入学校编号和专业编码。还没有高考，就感觉已经对机器交代完了自己今后的四年。她停下手中输入代码的手，环顾四周，都是神情凝重的同学们。

可能真的到这个时候，大家才终于认清现实了吧。

涟漪回想起前一阵子大家在报名自招时的跃跃欲试，到报名综合评价时部分同学或丧气或懒洋洋的态度，到现在没有人说笑，只剩下一片严肃的脸。

涟漪也和别的同学一样，有些不情愿地在电脑上输入自己的模拟志愿，又撇撇嘴，想起昨天晚上刚看到妈妈列的模拟志愿时的场景。

那时，涟漪刚刚看到妈妈列出的模拟志愿草表，脸色阴晴不定。周五的时候，老师说下周要填报模拟志愿了，建议大家在这周根据去年的分数线填一张模拟草表，让大家有一个合适的心理预期。没想到刚回家，爸爸妈妈就拿出他们早已列好的志愿表了。

“我自己填模拟志愿啊，你们帮我填算什么？”想想志愿表最底栏的 ×× 大学工商管理类、×× 学院会计学等一系列学校和专业，涟漪就一脸嫌弃，“而且最后几个……不至于吧……”

“所以，我们不是给你看了嘛，觉得不合适的再调整呀！而且，最后几栏的学校是兜底学校，肯定要填分数低一点的。要不然掉档了，没有大学读怎么办呀？你要认清现实！”

涟漪扫了扫这些密密麻麻的学校们，只觉得头大。她把草表丢到自己的书包里：“你们觉得合适就行吧。反正是草表，我也懒得看了。”

其实也不是涟漪对自己不负责，而是她真的感到身心俱疲。

就像正在长跑的人——如果他一直这样埋头跑下去，或许不会很累，毕竟他的信念单一笃定；可是，如果这时来一群看客，不时向他喊一些“冠军今年奖金一万”“你旁边的人可能会得亚军”“你是不是呼吸紊乱了”之类的话，反而会让他分心，感到乱糟糟的，原本的力气都消耗殆尽。

可是高三，原本就没有打算给学生喘息的机会。

人们被生活磨平了棱角。涟漪突然冒出这样一句莫名其妙且并不应景的话，却感受到了相同的悲壮。

唯一不悲壮的，可能只有艾歌了。她正津津有味地嚼着一颗话梅，飞快地翻阅着报考手册，好像在看时尚杂志一般，但随后又一脸迷茫："这都什么乱七八糟的东西……你们怎么都提前填好了……"

离她最近的韩逸没有理她，而是看着自己模拟填报的学校，目光在首栏上的"上海交通大学"停顿了很久。正准备输入代码，身边的孟遥却凑过来看了一眼，露出了满意的笑："你加油啊！"

看着孟遥轻松愉快的表情，韩逸的眼中闪过一丝复杂。

杨铭看着韩逸和孟遥，感觉自己像螳螂捕蝉，黄雀在后。他其实也想起了什么。但是在高三的洪流中，自己仅剩的情感也被冲刷得差不多了，现在剩下的只有对题目的条件反射。他不知这种变化是喜是忧，甚至都不知道自己还会不会思考，只能麻木地敲着数字，就好像输入自己平淡到无聊的生活。

杨铭有时还会想到记忆中的一片鸟语花香、莺飞草长，让他又开始向往曾经春天的美好时光。但收回回忆，看向窗外，也依旧是春天，更加真实的暮春，依旧群芳吐艳、姹紫嫣红。

这让他自己也开始觉得，或许春天本该是这番模样。

另一侧的林雪对模拟志愿没有想太多。从小就有人告诉她"只问耕耘，不问收获""尽人事，听天命"等一系列道理，她也深以为然。更何况，林雪感觉自己真的已经用尽全力了。或许志愿并不都是她喜欢的大学，但至少问心无愧，无怨无悔。

林雪就怀着这种坚定的信念回到家，对所剩无几的时间依旧不急不躁。她的心中只有一个信念：只要多学会一道题，我就能在考场上多几分笃定与自信，或许还能多考几分。

自律与刻苦让并不算聪明的林雪始终保持班级前列且成绩稳定，

从没有出过差错。世界和未来似乎一直在林雪的掌控之中。

刚刚坐下，林雪却突然想起老师的通知，大喊一声："妈妈！老师让我们交两张一寸照片，毕业证上要用！"

没有声音。

"妈妈？"

回答林雪的依旧是一片静谧。

林雪几步走出房间，家里空无一人，妈妈的拖鞋放在门口。

"妈妈出去了？"林雪有些奇怪，没有多想，自己走进妈妈的房间寻找一寸照片。

好像是在一个普通的月饼铁盒里，里面有不重要的证件、照片，还有便宜的挂坠、手镯之类的。重要文件和贵重首饰应该放在保险柜里。不过这里是租来的房子，应该也没多少东西，很好找到的吧……

这么想着，林雪拉开柜子的门，在隔间里上下摸索着月饼盒子。

冰凉的温度传向林雪的手指："啊，找到了！"林雪用力一拽，金属盒子便从隔间深处重见天日。

啪嗒！与此同时，一个原本被藏在柜子夹层里的红色本子被带到了地上。

"什么东西啊？"林雪不耐烦地嘟哝着，弯腰捡起。

本子的封面上，赫然印着三个大字：离、婚、证。

"离婚证？"林雪难以置信地重复了一遍。

她只觉得，眼睛被刺得无法睁开，大脑一片空白，整个人懵懵的，好像掉入了另一个空间——一个虚无的、什么都没有的、天地都是空白的空间。她的表情僵住了，任凭她怎么努力都不能动一下，无法眨眼，无法呼吸，时间仿佛停止了。

但是最终，她用尽全力猛地翻开离婚证：离婚申请符合《中华人民共和国婚姻法》规定，予以登记，发给此证。持件人……

林雪拼命地揉着眼睛，可是怎么也看不清后面的名字。她只觉得脑袋嗡嗡作响，好像有人扇了她一耳光。

就在这时，传来钥匙转动锁的声音。

“我回来了！给你买了一袋子新鲜的苹果……”响亮的关门声划破林雪的世界。

林雪想回答，却如鲠在喉。

“林雪？”妈妈又叫了一声。

林雪缓缓地，用沙哑的嗓子艰涩地发音：“为什么有房子不住突然租房子？为什么爸爸不怎么来看我们……”

“原来是因为，你们去年……就离婚了呀……”

咚！一袋子苹果散落在地，滚到林雪脚边。

“不……不……林雪你听我说……”

“我有点累，先回房间了。”林雪的声音波澜不惊，似乎已经耗干了最后一丝力气。

林雪妈妈的眼睛毫无生机地盯着日历：5 月 24 日，还有两周高考。

林雪只觉得自己很累，昏昏睡去。醒来的时候，已经是第二天上午了，隐约还能听到妈妈的哭声。她模糊地记得，她做了很多断断续续、离奇荒谬的梦。但是，现在却什么都不记得了。

她自始至终都没有流过一滴眼泪，只觉得累，身体被榨干般的累。她想，或许她睡觉是因为自己的身体在受到刺激后，本能地想逃避现实；精疲力竭是因为她的身体早已被自己榨干，只是高考的力量让她忽略了这种感受。现在醒来后，她还是觉得浑身酸痛，好像小时候和一群男孩子打过架后的感觉。

林雪并不是一开始就这样安静的，也不是一开始就这么勤奋刻苦的，更不是一开始就能通宵学习，第二天依然可以保持听课效率的。只不过，适者生存罢了。现实给了她一巴掌，让她少说多做——或许早在多年前，林雪就发现了父母关系的不对劲，才会拼命地学习使自己迅速成长，摆脱那个没有安全感的家。最后，终于变成了现在这个成熟又寡言的林雪。

叮！手机提示音让林雪一个激灵。

微信群里闪烁着老师的头像：等级考成绩今天上午十点可以查询。但是，老师建议同学们不要查成绩，以免影响后续考试心态。

林雪看看时间：十点十二分。

可能是在和自己赌气，可能是想任性一回，林雪想都没想，就打开上海教育考试院平台，输入倒背如流的准考证号和身份证号。

化学：A+，物理：A，历史：C+。

林雪眉毛一皱，狐疑地看了看名字区域。是我的名字啊！

化学和物理都算发挥正常，历史怎么会得 C+？历史是我最有信心的学科啊！林雪怎么都想不通，我一模二模都是 A+，怎么到等级考时突然一下子掉到 C+？这差得也太多了吧？而且……历史这种文科，成绩波动怎么也会这么大？

考试完之后，我也觉得发挥正常啊。怎么会这样？难道是小论文偏题了？可是就算偏题了，也不会这么惨吧……更何况，我的小论文向来是范文啊……

林雪想不明白，只觉得脑袋钝钝的痛。C+ 代表着十五分莫名其妙地没了，找谁说去？

“反正，就是祸不单行呀！”林雪大喊一声，一头栽倒在被子里。

涟漪也偷偷地打开上海教育考试院官网。在没有查成绩的 24 小时里，她感觉如坐针毡，百爪挠心。虽然老师并不鼓励查成绩，但涟漪还是觉得手痒。

她悄悄地把准考证从柜子的最底层抽出来。颤抖的指尖一位一位地输入高考报名号和身份证后六位。

输完之后，反而不敢点确定了。

“这磨人的考试！”涟漪痛苦地大叫一声，把手机扔在床上，“明日愁来明日愁！”

妈妈不知何时站在了旁边：“别急，高考最后拼的不是成绩，是心态！坦然面对就好。”

涟漪有些惊讶地看着妈妈态度的转变，一时还无法消化这个消息：“虎妈怎么变慈母了，我都不适应了……”

“不管你最后查不查成绩，心态都不要受影响。结果已成定局，尽人事，听天命。”

涟漪瞥了妈妈一眼，小声嘀咕：“神神道道的……”思绪却飘到了远方。只不过这一回，不再是北京夏天的太阳和冬天的图书馆，而是开学后的画面。趴在桌子上的涟漪，十点半睡觉的涟漪，灰头土脸、毫无生机的涟漪，和随着自我调整暴躁情绪逐渐平静下来的涟漪，到后来眼神重新亮起来的涟漪……眼神的亮光中依旧没有曾经破碎的梦想，却有对知识的渴求和向往，对未来的憧憬与笃定。

她再一次感受到了这不是终点，而只是长跑中的一部分。人生的起起落落，不到结束的那一刻，谁都无法下定论。

“我不查了，等考完再说吧。”涟漪仰起头，眼神一如高三开学时的坚定。

或许，我们在失去梦想后，再次鼓舞、激励我们开始重新奋斗的，并不一定是执拗地坚持曾经的梦想。忘记后的重新开始，可能会让我们对自己有更彻底的认识，给我们更好的答案。

杨铭在家也忍不住好奇心，准备查成绩。不料，就在他准备打开查询网站之际，妈妈破门而入。

“太好了，杨铭！你的历史是 A+，生物是 A！”妈妈的脸因激动而散发着红晕，“真不愧是我儿子，就是聪明！突击两周都能得 A+！”

杨铭有些蒙。不是说不让查成绩么？怎么妈妈查得比我还快，还这么激动？

“考得好就行啊。”杨铭点点头，脸上露出遮不住的笑意，“我杨铭可是不鸣则已，一鸣惊人！”

杨铭回想起自己的学习策略：平时随心所欲，考前两周突击。这回幸运才得了理想的成绩，总体来说风险还是太高了些。杨铭缩缩脖子，有些后怕，以后还是不要这么冒险了。

相比之下，韩逸就没有这么幸运了。此刻，他默不作声，阴沉着脸。周围的气压骤然降低。

“怎么啦？”不知情的妈妈有些担心。

“没事。”韩逸叹了口气，紧皱的眉头出卖了他。

“是不是压力太大了？”韩逸妈妈还是不放心。高三以来，孩子一直特别刻苦努力。作为妈妈，不想让孩子在最后考试阶段有情绪问题。

“我查过分了，等级考没考好，物理只考了 B+。”韩逸如实坦白，“其他还算正常。”

妈妈开着车，突然也不知道该怎么安慰儿子。

“要不我带你到长泰广场吃你最爱的杭帮菜？”韩逸妈妈想转移下儿子的注意力，便没有问剩下的成绩。

“不了，回家复习。”

妈妈一怔，随即又安慰儿子：“等级考毕竟是折合分，B+ 和 A+才差六分，影响不算大。现在稳住主三门的成绩就行。而且数学是你的强项，多做对一道填空题就五分，这样小三门的差距马上就拉平了。”

“嗯。”韩逸没有多说话，默默想着什么。原本没有什么表情的脸渗出点点哀愁。

第十二章

高考

原本躲在浓密树叶间的昆虫们，也鼓起勇气，将头伸进阳光中，等待着一个属于它们的盛大夏天。

5月21日 距高考还有 17 天。

越逼近高考的日子，反而越没有学习气氛了，就好像是暴风雨前的狂欢。浮躁的空气中又掺杂着一点压抑，让人既觉得没有什么可复习的，又觉得自己什么都不知道。

“只有语文和数学两门了……”涟漪嘟哝着，感到一阵前所未有的“轻松”。想想高二的这个时候，九门功课一拥而上，挤得涟漪没有喘息的机会。可是现在，只剩两门课的涟漪为什么还是觉得无法呼吸呢?

花池哀号一声：“天啊！天天的语文数学英语轮番上阵，一周只有三种课可以上！”

“没事，也就三周这种课，以后就没了……”木清华幽幽地飘来一句。

可是，这并没有起到调节气氛的作用，反而让花池更加紧张了。她一头栽倒在桌子上，闷闷地冒出一句：“这简直就是死缓三周啊！”

“高考考场定了，我们学校在第六实验中学。”木清华跑进教室，“要订酒店的同学，提前通知父母啊！”

“怎么什么事情都在第六实验中学？之前是六门合格考，之后又是等级考。现在好了，高考也在那个鬼地方！”花池不满地嘟哝着，“我对那地方水土不服。一到那里，考试就出问题。先是政治合格考能否及格，让我提心吊胆了半个月；然后等级考又考成那副样子……好不容易春考考得还不错，那是因为离开了第六实验中学，在浦林中学考的！”花池喋喋不休，陷入回忆，“现在全完了……高考在第六实验中学考试……”

“你这是迷信！”木清华敲了一下花池的额头，“为什么我不管在哪里考试，结果都差不多？”

结果都差不多？呵呵，都是第一名是吧？花池气得差点背过气去：“你……有绝对实力。”

“你们有谁要一起订酒店的吗？我看第六实验中学对面就有一家博雅酒店，除了贵了点之外都挺好的。”木清华首先提议，“不过，这种时候家长肯定不会嫌酒店贵的。我们可以顺便享受一下高级酒店的待遇！”

“我！”杨铭一听有高级酒店住，立马就跃跃欲试，“就我们同学一起住吧。千万别让家长跟着啊！”

“对对！我们要个总统套房！哈哈哈哈哈……”

然而，杨铭美好的愿望终究是破灭了。

“从家到考场，车程只有十五分钟，住什么酒店！”妈妈一句狮吼，把杨铭从梦里拉回现实。

“整天就知道和同学疯玩，现在都要高考了还不改！”妈妈一巴掌拍在杨铭脑袋上，“你长点脑子吧！”

“长的脑子都被你拍傻了……”

“明天就要高考了，东西都准备好了吗？”高考前一天晚上，妈妈推开门，涟漪还翻着卷子，做着最后的挣扎。

“准备好了。”涟漪指了指提前收拾好的包，头都没抬。

“赶紧最后再对照着检查一遍。现在临阵磨枪，也就是个心理安慰吧！”妈妈把手机凑到涟漪面前。

各位家长：

1. 今天已经发放高考的准考证以及外语听说测试的准考证，请各位检查。

2. 考前请帮助孩子准备好考试用品袋、准考证、身份证、涂卡铅笔、削笔刀、计算器、黑色水笔等。

各科考试请提前到场，微信签到，班主任会在考场门口等。

预祝高考顺利！

“这是于老师在家长群里发的，你看看有没有忘记的。”

“黑色签字笔、2B 涂卡笔、计算器……”涟漪翻开自己整理好的笔袋，重新检查了一遍。

妈妈喋喋不休地叮嘱着：“记着看清题号，别涂串行！答题纸别折叠！二维码别贴出去……”

“啊!!”涟漪一声大喊，打断妈妈的唠叨，随即失魂落魄地在桌子上一通乱找，面色焦急，宛若丢失了什么挚爱的珍宝。

“别着急……什么东西不见了？”

“黑笔！黑色水笔！多亏你提醒……我差点忘了！”

妈妈看着涟漪笔袋里躺着的三支黑笔，奇怪地啊了一声，这不是有吗？

涟漪好像想起什么，指着笔袋中的笔赶紧补充道：“也是这个牌子的，但是被我特地撕掉商标了。”

妈妈也跟着涟漪东翻西找，桌子上，地上，书包里……最后终于在涟漪书包的夹层里找到。涟漪赶紧放进笔袋里，防止再被遗忘掉。

“为什么一定要这支笔？”妈妈终究是疑惑不已。

“因为这是方老师用过的笔！”涟漪的眼睛里充满了亮晶晶的光芒，好像提起曾经的梦想一样，“上次方老师的笔没有墨了，就借了我的笔用——所以它可不是普通的笔。它有方老师的神力仙气！我特地撕下来标签做标记，想着它在考试的时候能助我一臂之力！”

涟漪妈妈哭笑不得，只好顺着涟漪安抚她波动的情绪：“是啊，明天用这支笔，一定能取得好成绩！不过，现在时间已经不早了，你赶紧去睡觉！”

涟漪便迅速爬上床，尽管她并不想睡觉。

月色如水，顺着窗帘的缝隙悄悄漫进房间。零星的几点星光细碎地洒落在地板上，爬上涟漪的面庞。涟漪不知从哪里听说，人只要保持一个姿势不动，三分钟就会睡着。于是，现在的涟漪在床上静静躺着，一动不动，放缓呼吸，假装自己已经进入梦乡。

意识逐渐模糊，呼吸逐渐平稳，成功就要来到身旁。

哒、哒、哒……

突然，涟漪一下子睁开眼睛——什么声音？

但细听，似乎也只是楼上的脚步声和移动物品的声音，清晰，却不响。自己不该被这么轻微的声音吵醒啊……涟漪闷闷地翻过身去，然而睡意却消失不见，再也寻不着踪影。

“你们都是八九点钟的太阳，一晚上睡不好不会影响第二天考试的。”

“你们心理素质强一点儿啊，不就是一场考试嘛，有什么睡不着的！”

“睡不着就喝牛奶。”

“可以吃安眠药，我之前吃过的。”

“啊？真的假的？考试的时候，醒不过来怎么办啊？”

……

耳边回荡起往昔种种纷乱嘈杂的声音，早已分不清来源。有的是同学说的，有的是老师说的，汇聚在一起，惹人焦躁。

可是，我明明不担心也不焦虑啊，我没有觉得有压力啊！涟漪觉得自己甚至有些委屈，可就是睡不着啊！

关键是，一旦浅层睡眠被吵醒后会更加难以入睡，人会更加烦躁。

反正是睡不着了，等着天亮吧。

杨铭揉着眼睛惊坐起来："什么声音啊？"

"怎么了，杨铭？"杨铭爸爸一骨碌爬起来，耳边灌入阵阵"喵呜——喵呜——"

"野猫大晚上乱叫什么啊……"杨铭身体一斜，咚地倒在床上嘟哝着，"影响考生休息……"

"我去帮你赶猫！"杨铭爸爸蹬上拖鞋，只留下夜色中追赶猫的身影。

凌晨一点半。

林雪疲惫地闭上双眼，隐隐觉得后脑有些痛，身上还有些痒，而且愈发强烈。

嗡……

天啊，房间里有蚊子！

啪！

第一回合，林雪失败。

凌晨两点半。

终于熬到了早上，虽然考生休息情况堪忧，可是却毫无睡意。

涟漪堪称"眼睛瞪得像铜铃"，惹来爸爸的一阵揶揄："涟漪，你这样子都能当黑猫警长了！"

妈妈没有参与调节气氛的活动，忙在一旁提醒涟漪考试注意事项："千万别把手机带入考场！去考场之前记得检查一遍。"

"知道了。"涟漪揉揉眼睛，似乎睡意伴随着妈妈的嘱咐又涌了上来。

“我一说重要的事情，你就不想听！”妈妈拍了涟漪脑袋一下。

“但是你还是要记好，条形码要贴好，别贴出去了！你整天马马虎虎的！还有千万不要折叠答题纸！”

“知道啦知道啦！”涟漪专心地往身上喷着花露水。

突然，她听到熟悉的一声呐喊：“你们看花池！”眼尖的乔玥一脸惊讶地指着人海中正在走近他们的一抹鲜红。

涟漪向花池看去：花池一袭红色长裙，红色遮阳帽，红色手提包，甚至还涂着正红色的口红。

“天啊，她是去高考的还是去送考的？”

“她这是去参加上流社会的晚宴吧……”

“不……她这是 Cosplay 吧……”

众人一时间都忘记了还有十分钟就要进考场的紧张。

“你们别这样看着我啊……我昨天找历史老师算过，今天穿得越红越好！”花池底气十足。

涟漪在一旁偷偷嘀咕：“先不说老师算得到底准不准，但至少让同学的心理状态变好不少，也增强了自信。早知道我也去算一卦了……”

花池自信地昂首挺胸，带着傲视群雄的霸气，一回想起昨天晚上历史老师的算命结果，底气就更足了。

就在花池已经第十八次呼吸急促的高考前一晚，她灵光一现，觉得自己应该做一些可以增加自己底气的事情。

“老师，可以给我算算，明天应该穿什么颜色的衣服吗？”忐忑不安的花池在微信上打开历史老师的对话框，“我问过我的生辰八字了。”历史老师精通周易八卦。据说，每年都有很多学生在高考前算上一卦，希望能有好运。

忐忑不安的几分钟后，花池终于等来了答案。

“官星代表考试。官星是午火，是红色，所以要穿红色的外衣。午火是马，要带上马的东西。最好有属马的人送考，不要属猪属鼠的人送考。其他不忌。”

“好的好的，谢谢老师！”花池从床上跳下来，打开衣柜，一把扯出一条红色长裙，“等着瞧，明天我一定是最幸运的人！”

于是，便有了花池现在的谜之自信：“我现在也是有绝对实力的人啦！”说着，瞥了木清华一眼。

“好，好！”教导主任拍着手走了过来，“有自信就好，我还怕你们紧张呢。看我把谁带过来了？”

一个步履缓慢、头发斑白的老人缓缓走来。

“啊！天啊……是校长！”一直安静的林雪突然轻轻叫了一声。

众人惊愕。要知道，第一外国语中学的校长已经七十多岁了，只是名誉校长。实际管理学生的一直是几个副校长。因此，真正的校长一直“神龙见首不见尾”。每逢有重大活动，才能一睹真容。甚至连每个学期的开学典礼和结业典礼都是几个副校长发表讲话。

“来，大家赶紧和校长握手啊。这可是最后的机会了！”于老师在一旁煽动气氛。

随着人群一点点移动，涟漪看到前面握到手的花池喜笑颜开，好像连之后的高考都变成了一件令人期待又愉快的事情。就在涟漪也跃跃欲试，想凑上前去的时候，听到遥远的一声呼唤："涟漪，数学考试加油！"

方老师从远一些的地方走来，似乎是刚到。她张开怀抱，一把搂住涟漪："考试时，千万不要紧张。你放心，大部分肯定都是会做的题目！不过就算真的紧张了，也不要担心。紧张和恐惧的感觉，和兴奋是相近的。把它们转化为你兴奋的燃料，燃烧你的宇宙吧！"

涟漪从来没有一次数学考试像现在这样放松过，不仅有方老师的祝福，还有沾有"仙气"的神笔。而方老师似乎也从严肃的神坛上走下，摇身一变，成了和蔼的先生。但细想，她似乎一直都是这样。

"你没问题的，加油！"方老师信心十足地拍拍涟漪的肩膀。

"嗯！谢谢老师！"

这就像，一株葡萄藤在木棒的扶持下茁壮成长。

"可以进考场了！"不知是谁率先喊了一声，人群迅速移动起来。花池连忙把自己的红帽子和手提包装到双肩包里，假装什么都没有发生的样子——毕竟是高考啊，她刚刚的打扮会不会被门卫拦下来都是个问题。

至于其他的，她完全不担心——算过卦的花池和校长握过手，感觉自己一定能在考场上大展身手。看看自己身上火红的长裙，只觉得很喜庆——开门红！

乔玥低着头向前走着，一个月前的记忆还在她的脑海中挥之不去。她抬起头，看着六月的天空：阴沉的天空中只有厚重的发灰的云，好像随时都有可能会下雨。

她握紧自己的手，脸上看不出多余的表情。

林雪在乔玥后面静静走着，没有走上前去，也没有放慢脚步，一如她们在班级里一前一后的位置。

而两个一前一后的人，终究在走进教学楼时，分道扬镳。

开考铃响起的时候，涟漪其实没有很紧张，之前的三次高考经历让所有考生都成为经验型选手。

涟漪握紧手中方老师用过的笔，似乎想借助方老师的“神力”，但事实却十之八九不尽如人意。比如说，现在的涟漪卡在了第九题。

第九题是什么概念？基础题！甚至是错的同学少，方老师上课都不会讲的题。现在的涟漪开始紧张起来。

怎么……会突然不会做了呢？

涟漪拼命搜索大脑中的知识，让自己冷静下来，想着方老师的那句“不要紧张，就算真的紧张了，也要转化为兴奋的燃料”，在心里不停地给自己打气。

不能再被影响了！

涟漪其实是一个很容易受影响的人——历史等级考试因为阳光太强，卷子反射的光刺眼而心生烦恼；化学等级考因为题目超过预期难度而慌乱过几分钟；英语春考因为第一篇语法填空类型奇怪，导致三个空不确定而产生过“春考完了，秋考继续”的想法。但这都不重要，重要的是它们的结果都还不错，不是吗？没有人的考试会是百分之百完美、完全没有遗憾的，我们只能最大程度上减少这种影响。

嗯……大部分都是会做的题，这题算小部分里的。涟漪安慰着自己，跳过这题。

终于，涟漪进入状态，忘记自己。

当涟漪考完最后一门，走出考场的时候，并没有像电视剧和电影里演的那样，有如释重负的感觉，更没有扔书撕书的冲动。毕竟还有自招和综合评价等着她。而自招的笔试和面试，就在明天。

原本躲在浓密树叶间的昆虫们，也鼓起勇气，将头伸进阳光中，等待着一个属于它们的盛大夏天。

第十三章

新的旅程

现在的涟漪，看着脚下的站台，从车上伸出一只脚，怀着万般小心与虔诚，笃定地踏了上去，就像踏上她的未来。

6月10日　高考结束后的第一天。

上外自招的这天，阳光明媚。光芒透过教室的纱质窗帘温柔地洒进考场，算得上是六月阴雨连绵的日子中罕见的好天气。这也是涟漪这个月第一次看见太阳。整个世界都一扫之前的阴郁气氛，散发出欣欣向荣的美好。

然而，坐在考场上调试着收音机的涟漪，心情却并不怎么美好。她的右耳又一次听不清声音了——就好像耳朵里面进了水，模模糊糊的；又有些像在飞机或电梯上气压发生变化时耳朵的反映。由于每次都会自行恢复，所以尽管从初一开始已经无数次发生过这种情况，涟漪也并没有放在心上。

可是现在，听力要开始了。难道要用一只耳朵孤军奋战吗?

想到这里，涟漪突然有些沮丧。在考场外排队进场的时候，就有一个同学疯狂地翻着已经被她划得花花绿绿的六级真题。若是在从前，涟漪肯定会“内心毫无波澜，甚至还有点想笑”地路过。以涟漪曾经对英语的自信，连一个多余的眼神都不会剩下。而如今，从春考起四个月没碰过英语和用一只耳朵面对自招听力，对她来说无疑是一场前所未有的挑战。

但是，涟漪的担忧终究是多余了。随着耳机里听力的开始，某一块沉睡了很久的神经终于开始逐渐苏醒。涟漪轻轻地呼出一口气，好像中间那空白的四个月和出了状况的耳朵也被丢到了九霄云外。

看着试卷上一个个印刷体的字母，涟漪的脑海里飞速闪过一个个相似的场景。英语老师在课上分析试卷时说出的要点；半年前涟漪抱着一沓英语卷子走进小教室自修；早上五点起床疯狂背诵……全都像电影中的快进版蒙太奇，呼啦啦地飞驰而来，并迅速与卷子上的题目发生微妙的联系。

就像正在激活的电脑，在有关联的场景逐个一闪而过后，涟漪的大脑叮的一声更新完毕。

涟漪大脑的英语部分 2.0 升级成功。

再从紧张的笔试、面试中回过神来时，涟漪已经面试完顺着人流向外走了。

“涟漪，你也来自招了？面试得怎么样？”一个声音远远地传来，并随着时间的推移越来越近。

涟漪望向声音的来源——是一脸愉悦与满足的杨铭。

“嗯……还行吧。”涟漪回想起刚刚的场景。

三个老师坐在一排桌子后面。其中一个问了些诸如“有没有读过外国原版小说，介绍一下”“有没有参加过辩论，简述一下经历”之类的问题；另一个问了些偏学术的单词之类的问题；剩下一个默不作声，似乎在听语音。

涟漪感觉还可以，没有答不上来的，但好像也没有什么特别的。

“我感觉我要被录取了！”杨铭一脸兴奋与幸福，“我把面试老师逗笑了。我听见他们说我很优秀！”

“那提前恭喜你啦，如你所愿！”涟漪感叹杨铭这个幸运儿，历史在二模还是B–的情况下突击两周一跃成了A+，英语成绩没有那么突出的情况下大概率会通过自招。杨铭的突击法似乎特别有效，屡试不爽，让涟漪暗自羡慕。

杨铭曾说过自己的知识容量，就像一个在平时贴近横轴的斜率几乎为零的直线，在考前两周呈陡崖式上升，最终在考试的一刻达到最高峰。不过，或许除了表面的幸运之外，更需要平时的积淀、考前两周的拼命和考试时强大的心理素质。

“总算可以放松身心了！”明明该爽朗地大叫一声，但涟漪却只是喃喃自语，似乎是在说给自己听。只是，她并不累，甚至还挺兴奋。

她自己都觉得，这几天她已经考傻了。照艾歌的话说，是考试考得死气沉沉，已经没有人气了。

晚饭后，涟漪赶紧打开手机。浏览与高考相关的公众号是涟漪每天的必修课。而高考完的这几天，她关注得格外密切，生怕错过了什么风吹草动。“上海高招发布”“上海招考”“上海高考生”“阳光高考信息平台”以及各种“高中生涯规划”等公众号，密密麻麻地布满了几乎整个公众号订阅区域。

“高考数学难度排行来了！你意外吗？”涟漪点开公众号，跳出来一则消息。

“第一名江苏卷，难度系数5星。第二名浙江卷，难度系数4星半。第三名上海卷，难度系数4星。”

涟漪突然睁大眼睛仔细往下看：“上海卷主要考查的是学生对数学的应用能力，体现‘教考一致’的导向作用。上海卷的压轴题目较难，解析几何题目的计算量很大，增加了学生的得分难度；函数大题的难度依然较大，需要较强的思维能力。上海考生学习数学时要兼顾数学学科知识，又需要了解社会发展，同时锻炼思维能力。第四名全国Ⅰ卷，难度系数3星半。第五名全国Ⅱ卷，难度系数3星……”

“今年的数学卷比去年难很多，据说和近十年来数学最难的2013年上海高考理科卷是一样的难度了。”涟漪妈妈也看到了这个消息，嘴里嘀咕着。

涟漪想想自己的数学，不禁又忐忑起来。但是，突然想到了几天前查化学成绩时的场景。

她盯着自己的化学成绩，惊讶地发现上面赫然写着：A。在等级考难度明显提高的情况下，涟漪的成绩竟然比二模有所提高！笑意从她上扬的嘴角一点点晕染到整个面庞，就好像得到珍宝一样。

似乎，分数也并不一定会因为题目难度的增加而递减。

6月23日，晚上七点三十分。

妈妈在一旁淡定地翻着招生专业目录，偶尔看几眼手机的新闻，随即眼神一亮：“今年的自招线已经出来了，502分！自招线就是原来的一本线！综评线也出来了！”

尽管昨天晚上，妈妈带来一则喜讯：“涟漪，你通过上外自招了！这下终于有个保底学校了！”让涟漪悬着的心放了下来，并借此自夸了一番，但此刻：

马上要出高考成绩了！马上要出高考成绩了！马上要出高考成绩了！

这句话在涟漪的脑海中像大屏幕上的滚动条，一遍遍地回放着，终于炸成一朵烟花。

涟漪的大脑随即短路停机了。

等了十五分钟后，妈妈越来越激动，最后终于按捺不住心情，飞速地输入准考证号和身份证号，然后点击确定。

这下，不仅涟漪没有了声音，妈妈也没有了声音。

看到妈妈直愣愣地盯着屏幕，涟漪“死机”的大脑迅速重启，蹿上前去看。

怎么……成绩已经出来了？

七点五十二分，还有八分钟可以查询成绩的时候，涟漪在一旁飞速地按着计算器，算着总分，直面提前公布的高考成绩。

但不等涟漪兴奋，妈妈的话就把涟漪拉进现实。

“加起来 562 分……”妈妈对照着去年综合评价的面试入围分数线，找到涟漪分数的位置。

“好像够报同济大学的综合评价！”

“那就赶紧报上同济大学的综招志愿吧，正好多一次机会嘛！”涟漪眼中充满了希冀。

“可是，综合评价在自主招生录取的前面一批。如果你通过综评了，就不能去上外了。”

“不管……同济是985，上外是211。从分数上看，当然是同济好啊……”涟漪嘀咕着。

涟漪放松的身心还没维持几天，就迎来了同济的综评面试。

“先把资料交给我们，然后坐在前面的椅子上。”坐在第一排角落里的一位老师站起来，说话简洁，看起来像是面试的总负责人。

涟漪坐在桌子前面，看着桌前分散坐开的十几个老师，平静了一下自己加快的心跳。

“好的，先自我介绍一下吧。”

涟漪告诫自己：说得慢一点儿，一定不能像背稿子一样。随后深呼吸一口，开始自我介绍。

“各位老师好！我是上海第一外国语学校的涟漪……”

“好的。接下来，几个老师会对你进行提问。”第一排角落里的老师放下手中的资料。

“我看了你的资料，上面写着你曾经担任过一个物理课题研究组的组长。你能讲一讲你们课题的研究过程吗？”

“我们通过辐射仪测量各种状态下家用电器的辐射大小，并对此结果提出改进方案。首先，我们的测量结果……”

涟漪胸有成竹，兴奋地介绍着当时做实验的情景，因为涟漪是物理课题研究组的组长，一下子就没有了紧张。

6月30日。

涟漪通过了面试。妈妈和爸爸很高兴，笑容一点点爬上他们的脸庞。他们松了口气，好像最终的战役终于结束，结果理想。

真的已经结束了。涟漪看着综合评价报名系统上的选拔结果，兴奋过后又突然想到了什么，不知是喜是忧——从实际情况来看，这确实是最好的结果了。可是……为什么涟漪的思绪又突然飘到那个冬天，飘到那片结冰的湖，在图书馆的大门前盘旋。她至今还记得上午十一点左右的冬阳把整个世界都点亮。她的嘴角也随着目光投到图书馆上而上扬。她被吸引着向前迈去，在玻璃门前看到反射的自己，就好像站在世界的中央。

如果，当时的我能坚定一点，不受冬令营结果的影响，不萎靡不振；如果我有自信，不是心灰意冷而是选择相信自己……会不会有不一样的结果呢？

涟漪的眼睛有点酸酸的，但是她也找不出伤心的理由。就像一个人想当一名宇航员，但是最终成了一名飞行员。他安慰自己没事，反正都能满足上天的理想。但是他最初想要的，不是规定好的那片天空，而是整个宇宙啊！

可是，世界上没有那么多如果，有的只是仅有一次机会的抉择。

“同济大学多好啊，百年名校，又在市区。”爸爸开心地说。

“想想高中这几年的艰苦，现在终于结束了！”妈妈长舒一口气，“十二年的寒窗，总算交了一个满意的答卷。以后随便你，进入大学后，我啥都不管了！”妈妈如释重负。

“涟漪，终于考完了，高不高兴啊？”爸爸喜笑颜开地问涟漪。

“嗯，挺好的！”涟漪点点头，漾出一丝微笑。

仔细想来，高中时代对于涟漪来说，堪称是一段噩梦。而这场长梦终于可以醒了，尽管前方的道路依然是一片未知。涟漪只想忘记那段高中的记忆，忘记那个曾经的自己。

终于从深渊里爬出来了啊。

乔玥枯坐着，只觉得眼睛酸酸的，眼前的恍惚让她看不真切。

她合上笔记本电脑，“上海大学”四个大字却还是在眼前挥之不去。可是，在化学最终只得了四十三分的情况下，还能考进上海大学，似乎已经是最好的结局。

如果当初能再努力一点，保送成功，或许就不会有后面惊险的鬼门关之旅了吧？如果当初能重视身体，或许就不会在生病的情况下还连续熬夜，让身体进一步恶化了吧？

她眼睛呆呆地望向雪白的墙壁。上面有一条看上去很细很细的裂纹，可是却从墙底一直连到墙顶，竟生出顶天立地之感。这个裂纹，形成的原因早已不得而知。可是，又有谁会在乎它的形成原因呢？大家只看到了结果，一个细小裂纹在时间的侵蚀下越来越大，最终扩张成如此张牙舞爪的强壮模样。就好像，谁能想到一个小小的喷嚏，竟想夺走我的性命！

这个录取结果，或许就是裂纹导致的吧。

在高三开学前，高一高二的我也就是这个水平吧。所以我的高三，终究是没有逆袭吗？

乔玥感觉恍恍惚惚的，好像坠入了梦境。她甚至开始怀疑，那些她考年级前几名的日子，到底是不是真的存在过？

她跪在地上。一盒成绩条被乔玥颤抖的手翻得纷纷落下。每一条都是单薄的身影，飘飘悠悠地随着主人的手掀起的风颤抖起来。但是每一条都自信地挺起身板，展示自己。

是真的。我曾经——优秀过。

她突然想起爸爸曾经说过的话，他对年少的自己挺满意的。因为每当他回想起曾经的日子时，几乎从来都不后悔。

那我，后悔吗？

除了没有努力的高一高二，和白天自制力差有时会被综艺节目吸引之外，好像还有一个在生病时仍在深夜做题的自己；还有一个和孟遥、木清华讨论题目的自己；还有一个拼尽全力，甚至不顾性命安危参加化学等级考的自己。

好像，也不是那么糟糕呢。

乔玥僵硬的面部肌肉终于形成一个奇怪的微笑。

妈妈看到面无表情的乔玥突然怪怪地微笑起来，以为是受了刺激想不开了，吓得一把抱住乔玥："玥玥，已经很好了！我都没想到，剩下的几门你都考得那么好！我都快开心死了！"

妈妈晶莹的泪珠，一滴滴地落在乔玥的头发上："你还活着！你就要上大学啦！还有什么比这更好的吗？"

嗯，我活到了十八岁，就要上大学啦！

杨铭妈妈在看到录取结果的那一刻，心里的石头终于落了地："太好了，这下真的有大学上了，上海外国语大学多好啊！"

“我也觉得。”杨铭露出一丝坏笑。想想上海外国语大学的男女比例，顿时也觉得挺好。

“我们家杨铭，总是不鸣则已，一鸣惊人！当初的历史是，这次的面试也是！只要我们知道努力了，考前努力突击，就没有达不到的目标！”杨铭妈妈满意地总结，“我要发朋友圈开心一下！”

杨铭倒是没有什么太大的感觉，本来就是他意料之中的事情。但是，他总感觉心里还挂念着什么，似乎也不算是牵挂，更可能是一种不甘。他深吸一口气，点开微信，盯着联系人看了一会儿，最终还是点了进去。

“朱黛，结果出来了吧？你考到哪里了？”

迟迟没有回复，杨铭如坐针毡，感觉心里在担心着什么，也不知是该担心她考得好还是考得不好，就是心里悬悬的。就在杨铭以为朱黛会自此杳无音讯之后，收到了回复。

“复旦。”

简单的两个字，没有笑脸和表情包，甚至连标点符号都懒得打上，更没有礼貌性的客套或者询问杨铭的情况。甚至让杨铭感觉，他们之间早就无话可说了。但她还是回复了。

杨铭突然就释然了。或许，这是最好的结局。

他安慰自己：没事没事，去了上海外国语大学，万千女生任我挑！这么想着，他就已经打算向已经保送上海外国语大学的同学打听学姐的微信。这时，群里却突然弹出一条群公告：关于领取毕业证的事宜，明天上午九点到下午四点，大家可以到教导处1409领取。除了录取通知书之外，还要带好学生的身份证。

“明天可以去学校领毕业证了，正好可以打听一下大家的结果。”杨铭心里琢磨着，有些兴奋，不知道谁会变成自己以后的校友。

“韩逸！”杨铭在走廊里远远地叫了一声。

韩逸低着头，背影看上去落魄得像在流浪。他顿了顿脚步，但是没有回头。

杨铭感觉到四面八方涌来的低气压，深感不妙，但还是拍拍韩逸的肩膀，准备说点什么。可韩逸却加快脚步，消失在拐角处。

“这韩逸……没考好也不至于不认好哥们了吧……”

“韩逸去四川大学了，再怎么说也是个985，也不至于特别差吧……”艾歌不知道从哪里冒了出来，嘴里嘀嘀咕咕的。

很多上海考生在报考学校时，首选是上海，其次是北京，之后是江浙地区。而去其他地区，一般是考生为了能上一个高一点档次的大学才会报考的。所以，四川大学在上海的录取分数线和上海大学差不多。因为距离上海远，大家一般也不愿意报考。

“啊？你从哪里听说的？”杨铭赶紧停下脚步。

“排队领毕业证的时候，他在我前面，我听到他说的呀。”艾歌一脸理所当然，“不过，孟遥倒是去了上海交大。啧啧啧！韩逸前途堪忧啊……”

信息量有点大，杨铭的大脑飞速运转着：“他是不是因为这个不开心啊，以后要异地恋了。对了，你考去哪里了？”

“我？”艾歌愣了一下，然后突然笑了，“我高考没考到一本。我爸打算让我去英国学商科，等毕业回来自己开公司。”

“哇……土豪的世界我们不懂……”

如果花池在，一定会恍然大悟地一把搂住艾歌：“我要是你这种隐藏的土豪，就算不能实现梦想也开心！”

“你还想知道谁的大学？我可是几乎全知道哦！”艾歌挑挑眉，脸上被八卦时的兴奋照亮。

“你全都说说！”杨铭也被艾歌的兴奋传染。

“你去了上外。”

“这不用你说！”

“木清华真的考上了清华，苏阳去了复旦，林雪去了中国政法大学，学法律。不过，之前我也没看出来她喜欢法律啊！”

“对啊，她竟然去北京学法律？她的分数也不低啊，所以去政法大学肯定是因为喜欢。”杨铭也试图找出些蛛丝马迹，但还是摇摇头，“真的看不出来啊！”

“然后花池如愿以偿地学了设计，好像去了东华大学。”艾歌停顿了几秒钟，随后又恢复了灿烂的笑容，“哦，对了，还有一些同年级不同班的同学，我也全都知道哦！顾桐，就是那个精力旺盛、很喜欢化妆的女生，去了上纽大。不过要我说她真厉害，又化妆，又健身，恋爱，逛街，学习还一点儿没落下！听说她白天出去疯，晚上学习到两点钟！然后是骆晓米，和程莞是好哥们的那个，也跟着程莞一起去了上纽大。我估计，上纽大的房顶要被这两个活宝的笑声掀翻了！”

艾歌喘了喘气，脸上因为急着说话而泛出淡淡的红光：“还有莫晓莉，这么漂亮的女生你应该认识，保送去了上外。我倒觉得她有点可惜了，感觉不保送或许能考到复旦呢！霸气到年级有名的萧萧去了复旦，我都没想到那么潇洒的她竟然在高中闷头学习了……”

杨铭的脑子急于处理这些消息，一时没有回过神来。过了一会儿，才震惊地问出一句：“你是怎么做到消息这么灵通的？”

“我可是艾歌，八卦统统逃不出我的眼睛！”艾歌眨眨眼，好像里面真的是八卦之源。

坐在火车上的涟漪看向窗外，车窗上残留的雨滴在阳光中折射出梦幻般的色彩，给远方的目的地增添了几分美好的期待。沿途的风景正飞快地掠过——那些青葱的树木，灿烂地笑着的无名野花，闪着亮晶晶的光芒的小石子们，连同刚下过雨后形成的淤泥……都随着火车的前进而消失在后面，直到涟漪再也看不见它们。

“我们什么时候到啊？”涟漪揉揉看酸了的眼睛，一旁的晓薇正在聚精会神地读着《奥德赛》。涟漪不知道她为什么读得下去。

想当初，在收到录取结果后，晓薇怕涟漪一个人在家发霉，就赶紧把她揪出来玩耍。而现在，她却一个人在书里入定。“晓薇，我看是你快要发霉了，一动不动的。外面还下过雨，湿度也适宜……”

“别着急，快了。”晓薇不理会涟漪的调侃，依旧波澜不惊，“该来的总会来，不必过于期待。”

涟漪一听这种具有哲学性的话，就感觉面前的晓薇俨然是个仙风道骨的老先生。于是赶紧溜走，防止自己影响大师入定。她在无聊之际打开手机，想看看有没有什么新消息。

果真，小学同学苏琪更新了一条朋友圈：“当时明月在，曾照彩云归。”

涟漪的思绪飘飘悠悠地回到昨天，又好像回到了多年前。

在昨天之前，涟漪绝对没有想到过，在时隔这么多年后，还能在推门而入之时又见故人。

虽然早在一周之前，文帆就因回国发起一场聚会活动，但在推开门的一瞬，涟漪还是在这些熟悉又陌生的身影映入眼帘时愣了一下。

比如说，一门心思学习的文帆，涟漪曾以为他生性安静，将来八成会在实验室度日，却不想他在高中出国之后整个人变得开朗健谈起来，开始热衷于组织活动，把控全场，在社交场合熟练老道，好似步入社会已久。涟漪推门进去的一瞬，他好像说了什么好笑的事情，全场都大笑起来。

而曾经上蹿下跳的江超，现在倒是安静了很多，此刻只是微微勾起嘴角。不知道他经历了怎样的初高中生活，才变成了这样。

变化不大的是苏琪，她还和以前一样散发着自信的光芒。只不过原本高雅的气质带着些许妩媚，似乎是沾染了国外的热情和浪漫。

仅仅是开门的一瞬间，各种各样的神态表情便尽收眼底。当中的这几年，终究是存在的啊。想想他们的结局——文帆去了美国纽约大学，江超被清华大学录取，苏琪继续留在加拿大上大学。

我，是不是在别人看来也和以前不一样了呢？每个人，都随着时间的推移，或多或少地成长了吧。现在的涟漪，盯着微信上苏琪的这句在毕业季用烂了的话，却依旧感觉五味杂陈。

窗外的地平线高低起伏着，掠过的一刹那，快得没有人看清到底有怎样的风景。

然而，列车终究是越来越慢，最终缓缓停在终点站。随着车门徐徐打开，一个新的世界似乎也扑面迎来，撞了涟漪一个满怀。涟漪稳住脚步，缓缓抬起眼，葱绿的盛夏从远远的地平线一直蔓延到她的身边，像一只热情的小兽，满脸笑颜。

涟漪高兴地笑出声，顿时就忘记了路上一片片向后掠去的风景，眼前的一切足以让她充满期待。她也无须为掠过的美妙苦恼，远方的故事，或许更加精彩。

现在的涟漪，看着脚下的站台，从车上伸出一只脚，怀着万般小心与虔诚，笃定地踏了上去，就像踏上她的未来。

（全书完）